나만 알고 싶은 영국

나만 알고 싶은 영국

My England: The England I want to keep for myself

키미림 지음

좋은땅

영국 집의 앞마당은 일반적으로 이웃과 나누는 공개적인 (public) 장소이다. 집 앞에 심은 꽃과 나무는 동네 사람들이 오고 가며 함께 즐길 수 있기 때문이다. 이 앞마당을 지나 현관문을 열고 안으로 깊숙이 들어가면 지극히 개인적인(private) 공간인 뒷마당이 나온다. 그곳은 계절에 따라 변화무쌍한 꽃과 나무는 물론 햇살, 바람, 눈, 비, 안개, 구름이 개인적으로 다가오는 또 다른 세상이다. 한국의 아파트, 빌딩 숲에서는 느낄 수 없는 것들이다.

뒷마당 파티오의 라운지에 누워 하늘을 바라보고 있으면 하늘이 슬며시 마음에 내려온다. 하늘 위에 내 마음 같은 구름이 흘러간다. 그 구름이 그 구름 아닌가. 한국이나 영국이나 다 같다고 생각하겠지만… 아니다! 적어도 내가 본 영국 구름은 아주 많이 달랐다.

영국에서 처음 자동차 여행을 할 때도 나는 구름만 보면 설레었다. 낮은 지평선 위에 각양각색의 구름이 달리는 자동차 앞 유리창으로 파노라마처럼 들어왔다. 피크 디스트릭트의 낮은 산도 구름이 쉬어 가는 곳이었다. 그곳에는 어김없이 구름 그림자가 드리워졌다. 그걸 보노라면 광활한 태고의 혼이 숨 쉬고 있는 것 같았다. 구름 그림자로 그늘진 산과 하이랜드의 대지 위에 떠도는 구름과 북아일랜드의 Carrick-A-Rede섬에서 갈매기와 놀던… Cornwall의 바다와 사랑에 빠진 구름을… 보았다.

영국에서는 어디를 가도 구름이 보인다. 뭉게구름이 새털구름이 되고, 꽃구름이 나비구름이 되어 날아간다. 노을에 걸친 구름이 떼구름이 되어 서서히 사그라졌다 다음 날 아침 안개구름으로 나타나기도 한다. 나는 영국의 구름이 너무너무 좋아서 구름만 보면 "아! 하나님은 정말 최고의 예술가야! 하나님의 솜씨를 누가 따를 수 있을까!" 하고 말하곤 했다.

이 책은 영국에서 20여 년, 예기치 못한 구름과의 만남처럼, 영국을 가까이서 품지 않으면 모르는 것들의 이야기이다. 우리가 미처 알지 못했던 영국 사람, 그들의 생각과 삶, 그 안에서 분투하는 한국 아줌마의 꾹꾹 담아두었던 지극히 사소하고 사적인 이야기이다.

프롤로그

영국의 버킹엄 팰리스도 윈저 캐슬도 타워 브리지도 좋다고 들 하지만, 영국에 오면 먼저 구름 앞에 서 보라고. 구름이 움직이는 곳을 따라가 보라고. 내 마음이 어디쯤에 있는지 발견해 보라고 알려 주고 싶다.

눈으로 보는 것들이 아닌, 마음으로 보는 것들!
내가 알려 주고 싶은, 나만 알고 싶은 영국이다.

떠나기 좋은 곳

만나면 아는 곳

배우는 곳

가까이 가면 보이는 곳

"나는 영국이라는 보물섬에 살고 있다.
먼지 쌓인 다락방을 이 구석 저 구석 뒤지다 보면
생각지 못하게 발견하는 보물들처럼
이곳에서 삶의 여정이 보물찾기이다."

보물섬

어릴 적 방학이 되면 책을 많이 읽었다. 러시아 문학전집이나 고급스러운 양장본들이 꽂혀 있던 아버지의 커다란 유리 책장 옆에는 우리를 위한 작은 책장도 하나 있었다. 나는 어린 내 키만큼 쉽게 손이 닿는 작은 책장의 책들을 읽다가 나중에는 아빠의 책장 속의 책들까지도 읽게 되었다. 돌이켜보니 책이 있는 환경이 독서하는 습관을 키우는 데 큰 영향을 미쳤다는 생각이 든다. 지금은 돌아가신 아버지께 마음 깊이 감사한 부분이다.

처음에 읽은 책들은 어린이 세계 명작전집이었던 걸로 기억한다. 주로 〈소공녀〉, 〈빨간 머리 앤〉, 〈키다리 아저씨〉, 〈데미안〉, 〈올리버 트위스트〉, 〈허클베리 핀〉, 〈톰 소여의 모험〉 등 내 또래 어린이가 주인공인 책들이었다. 영국에 와서 대학원에서 아동문학을 전공하면서 이런 장르가 Bildungsroman(성장소설)으로 분류되는 것을 알게 되었다. 그 책들을 보면서 나도 소설의 주인공이 되어 여러 고난을 헤쳐 가며 정신적, 정서적 성장을 이루어 가고 있었던 것이다.

읽었던 책 중에 남자아이가 주인공인 책들은 사실 마음에 크게 와닿지는 않았었는데, 예외로 유독 가슴을 두근거리며 보았던 책이 하나 있었다. 바로 영국 작가 로버트 루이스 스티븐슨의 소설, 〈보물섬, Treasure Island〉이다.

여관을 하는 집의 어린 아들, 짐 호킨스가 어느 날 여관에 머물던 사람이 갑자기 죽자 그의 소지품을 뒤졌다가 우연히 보물섬의 지도를 발견하게 되어 보물을 찾아 떠난다는 이야기였다. 보물섬, 보물이 묻혀 있는지도 그리고 해적, 생각만 해도 가슴이 뛰고 뭔지 모를 흥분이 되는, 어린 소년이 혼자 감당하기에는 너무나 큰 비밀스러운 내용이었다. 그 이야기의 끝은 다행히도 해피앤딩이었다. 엄청난 보물을 가지고서 말이다. 비극적 결말을 보는 것을 끔찍이 두려워하던 내가 가슴을 쓸어내리며 안도한 이야기이기도 하다.

생각만 해도 이 가슴 뛰는 보물섬이라는 단어가 바로 딱 맞는 나라가 있다면 바로 이곳 영국이라는 섬나라다. 영국에는 실제로 정말 보물이 많다. 여왕의 수많은 주얼리 컬렉션 중 하나만 보자면. 여왕이 의회 개회식마다 착용했던 왕관(Imperial State Crown)은 다이아몬드 2868개, 사파이어 17개, 에메랄드 11개, 진주 273개, 루비 5개를 비롯해 3000개가량이 모인 보물의 집합체이다. 게다가 세계에서 가장 큰 다이아몬드원석인 317캐럿의 다이아몬드도 십자가 아래 중앙에 박혀 있다. 이 여왕의 상상을 초월하는 가격의 수많은 주얼리 컬렉션들이 이제는 현 영국 왕, 찰스 3세에게 돌아갔다.

버킹엄 팰리스, 윈저 캐슬, 대영 박물관, 빅토리아 앤 알버트 뮤지엄, 내셔널 갤러리 등 영국에는 수많은 보물 창고가 있다. 그곳에 보유하고 있는 세계적인 유물과 명화들은 돈으로 가치를 매길 수 없는 보물들이다.

그런데 사실 영국에 이런 보물이 아무리 넘쳐난다 해도 그것 중 어느 것 하나라도 우리 같은 평범한 사람은 소유할 수는 없을 것이다. 그것들은 그저 보통 사람들에게는 눈으로 보고 감탄하는 선에서 그치는 것, 손이 닿을 수 없는 것에 불과한 것들이다. 하지만 영국에는 나 같은 평범한 사람도, 보물섬 지도가 없어도, 귀한 보물을 발견하고 소유할 수 있는 곳들이 꽤 있다.

가깝게는 동네의 하이 스트릿(동네에서 가장 번화한 상업지역)에 가면 채리티숍과 앤틱숍이 있다. 지역마다 정기적으로 열리는 앤틱페어나 앤틱센터도 있다. 그리고 일반인이 물건을 자동차에 싣고 와서 팔 수 있는 카 부츠 세일도 있다(이것은 주로 동네의 큰 공원에서 주말마다 열린다). 실제로 물건을 입찰로 낙찰 받는 온오프라인 옥션들도 다양하게 있다. 이베이나 페이스북 마켓플레이스 같은 중고 온라인사이트도 작은 보물들을 사고파는 곳이다. 영국에서 나만의 보물을 찾는 방법은 정말 다양하다.

　내가 영국에서 와서 최초로 발견한 보물은 동네의 체리티숍이었다. 체리티숍은 기본적으로는 자선단체이다. 체리티숍에서 판매하는 모든 물건은 기부를 통해서 받은 중고 물건이 대부분이다. 직원들도 대부분 자원봉사자다. 따라서 그 가격이 저렴하다. 설립목적에 따라 서포트하는 단체가 정해져 있다. 영국에서 최대 규모의 체리티숍인 Oxfam(옥스팜)은 그 점포 수만 700개가 넘는다고 한다. 암 연구를 지원하는 Cancer Research UK, 심장병 관련 British Heart Foundation, 도움이 필요한 아동 및 부모들을 돕는 Barnardo's, Sue Ryder, Salvation Army(구세군) 등등 전국적으로 11000개 이상의 체리티숍이 영국의 하이 스트릿에 있다.

　체리티숍은 평범한 영국인들이 하이 스트릿에 쇼핑하러 나왔다가 반드시 들르는, 안 들르면 아쉬운 참새방앗간 같은 곳이다. 딱히 무엇을 사겠다는 목적을 가지고 들르는 곳이라기보다는 주로 아이쇼핑 삼아 구경하러 들어가서 나만의 보물을 발견하면 좋고, 아니어도 그만인 곳이다.

　런던의 하로우에 살 때 메트로폴리탄 라인의 레이너스레인역 옆에는 작은 체리티숍이 있었다. 쇼윈도에는 고급스러운 금장 도자기나 명품 가죽가방, 구두, 액세서리 등 값나가는 것을 비롯해서 저렴한 생필품에 이르기까지 다양한 제품들이 잘 진열되어 있었다. 나는 근처 슈퍼마켓에서 장을 보고 나올 때마다 습관적으로 뭔가 새로운 게 없나 쇼윈도우를 살펴보곤 하였다. 그러던 어느 날 '드디어 오늘은 기필코 뭔가 찾고 말 거야' 하는 심정으로 숍으로 들어갔다.

작은 매장이지만 구석구석에 중고 옷가지들, 어린이 장난감, 음악 앨범, 책, 그릇, 귀걸이, 목걸이 등 작은 주얼리까지 없는 거 빼고는 다 있는 숍이었다. 이거저거 세심하게 둘러보고 유리 장식장 안을 쳐다보았는데 눈에 띄는 도자기 인형이 하나가 있었다. 얇은 다리가 가녀리다. 가녀린 네발로 균형을 잡고 서 있는 손가락 세 마디만 한 작고 귀여운 어린 망아지였다. 그 얇은 다리로 서 있는 게 참 기특해서 유리 장식장을 빙 돌아가며 녀석을 살폈다. 나는 혼잣말로 "안녕, 엄마는 어디 갔니?" 물었다. 그 망아지가 왠지 영국에서 외롭게 살고 있는 내 모습 같아서 울컥해졌다. 그렇게 별안간 녀석이 내 마음으로 들어와 버렸고 나는 생각지 못한 값을 지불했다. 이 망아지 인형은 figurine으로 유명했던 조금은 소장가치가 있는 Beswick이라는 회사의 제품이었다(아직도 엄마 말을 찾아주지 못해 미안하다).

그날 이후였던 것 같다. 이른바 한국에서 유행했던 매일매일 소소하고 확실한 행복, '소확행'이 나의 영국 삶에 시작된 것이다. 나는 영국에 이름 있는 포터리 회사들의 인형이나 그릇들을 취미 삼아 공부했고, 기회가 될 때마다 모았다. 로얄 알버트의 컨트리 로즈 티 세트를 이베이에서 아주 저렴하게 샀다. 웨지우드의 쟈스퍼웨어 화병을 비롯한 여러 장식 접시와 트링켓박스(보석상자) 등을 볼 때마다 저렴하게 구매해서, 한국의 가족들에게 선물했다. 실제 새것으로 사는 것과 비교할 수 없이 저렴하니 지나치기가 어려웠다. 스페인의 유명한 야드로의 소녀 인형들도, 로얄 코펜하겐의 블루 플로럴 시리즈의 슈거 보울과 커피 주전자도, 빙앤그론달 접시들, 콜포트의 꽃장식이 있는 미니 접시와 트링켓박스도 풀(Poole) 포터리의 도자기 새, 레녹스의 화려한 새, 옛 덴비의 수프접시, 빌레로이 앤 보흐 Naif의 도자기 냄비 받침, 프랑스의 리모지 장식 접시들, 앤슬리의 도자기 브로치 등등 내 장식장에는 다양한 종류의 수많은 컬렉션들로 더 이상 채울 수 없게 되었다. 그러자 이것들이 조금 시큰둥해지고, 이번에는 엔틱 가구에 관심이 가기 시작했다.

대영 제국, 과거의 영국은 도대체 얼마나 잘살았던 걸까. 부유하고 화려했던 과거는 현대를 살아가는 영국인의 삶 속 구석

구석에 여전히 스며들어 있었다. 요즘은 보기 드문 진짜 나무로 만든 미학적 가치가 높은 가구들을 할머니가 엄마에게 엄마가 딸에게 물려준다. 그것들은 견고함과 아름다움 면에서 시대를 뛰어넘어 지금도 사용하기에 손색이 없다. 아니 세월이 갈수록 오히려 그 가치가 더해지고 있다. 영국에서는 바로 그 오랜 명성을 가진 고가구들을 저렴하게 살 수가 있다. 물론 요즘 젊은이들이 보면 조금 구식이라고 할 수 도 있겠다. 하지만 그 퀄리티에서 보더라도 요즘의 조립식 합판으로 만든 가구에 비교가 되겠는가. 나는 동네 체리티숍에서 오랜 명성의 어콜(Ercol) 식탁세트를 저렴하게 구입해 십 년째 쓰고 있다. 우리 집에 오기 전까지 아마도 두세대는 거쳤을 이 식탁세트는 여전히 튼튼할 뿐 아니라 다리와 상판이 분리되어 이사 갈 때도 편리해서 여전히 나의 애장품이다. 손님이 오면 식탁 위에 레이스 식탁보를 깐다. 하얀색 레이스가 짙은 월넛색의 의자 등받이와 어우러져 로맨틱하다고 손님들로부터 종종 칭찬을 받곤 했다.

나는 책을 좋아하는 남편을 위해 언젠가 남편의 서재를 클래식하게 꾸며 주고 싶다. 조지안 마호가니 페데스탈 책상(Georgian Mahogany Desk)과 버니커(Wernicke)에서 만든 베리스터스 북케이스(Barristers Bookcase)을 남편에게 깜짝 선물하고 싶다. 거기에 빈티지 스타일 옥스 블러드 가죽 회전의자(Ox Blood

Swivel Chair)를 매치한다면 아마도 테크놀로지가 없는 아날로 그적 편안함 가득한 공간이 되지 않을까. 남편이 귀족처럼 책을 읽는 동안 그 옆에서 나는 영국의 아동문학 작가 롤 달(Roald Dahl)이 그랬던 것처럼 세상에서 제일 편안한 암체어에 앉아서 그림을 그릴 것이다(Roald Dahl: 찰리앤 쵸콜릿 팩토리의 작가로 버킹엄서에 있는 그의 자택의 헛간에서 일인 소파에 앉아 그림을 그렸다).

마음만 먹으면, 빅토리안 시대의 장롱도 살 수 있고, 네 개의 포스터가 달린 침대도 들여놓고 귀족 느낌으로 살아 볼 수도 있다. 영국에서는 옛것들, 귀한 것들을 발품과 관심이면 저렴하게 살 수 있다. 나는 영국이라는 보물섬에 살고 있다. 먼지 쌓인 다락방을 이 구석 저 구석 뒤지다 보면 생각지 못하게 발견하는 보물들처럼 이곳에서 삶의 여정이 보물찾기이다. 그것은 값비싼 명품을 구입할 때는 느낄 수 없는 소소한 행복이다.

메모리얼 벤치

졸리우드 커먼(Common) 한편에는 크리켓 경기장이 있다. 그곳에서 주말이면 하얀 옷을 입은 사람들이 푸른 잔디 위에서 크리켓 경기를 한다. 타자가 크리켓 방망이로 공을 치면 '딱' 하고 딱딱한 나무가 부딪히는 소리가 나고 멀리서 사람들이 웅성웅성 응원하는 소리가 들린다. 그런 경기를 보고 있노라면 시간을 돌려 19세기 후반에 있는 것 같은 착각을 불러일으키기도 한다. 지극히 영국적인 풍경인 동시에 나에게는 이국적인 풍경이기도 하다. 외국이라는 감각 없이 익숙해져서 살다가 크리켓 경기를 볼 때면 '여기가 영국이구나' 하고 실감하게 되는 것이다.

우리 가족은 시간이 여유로운 주말에는 주섬주섬 옷을 대충 입고 어슬렁거리며 이 크리켓 경기장 옆의 커먼에 가서 산책을 하곤 했다. 커먼이라고 하면 생소한 표현일지는 모르겠지만 그냥 공원이라고 보면 된다. 군이 공원과 커먼의 다른 점을 얘기하자면 우리가 일반적으로 생각하는 공원의 개념은 계획적으로 조성한 디자인과 형식이 있는 반면에, 커먼은 그런 인위적 형식이 없이 들판이나 숲이 우거진 형태이다. 그만큼 좀 더 내추럴한 자연 그대로인 공원이라고 할 수 있겠다.

크리켓 경기장 바로 옆에 역시 커먼답게 비포장인 주차장이 있다. 흙먼지를 날리며 주차를 하고 주차장 앞에 보이는 숲으로 들어간다. 일부러 가져다 놓은 건지 그냥 자연스럽게 만들어진 건지 모르는 옆으로 놓여 있는 커다란 나무가 주차장과 공원의 경계이다. 이 나무를 펄쩍 뛰어넘어 공원의 왼편으로 가면 빌딩만큼 높이 솟아오른 나무숲이 보인다. 자연스레 생긴 그늘로 흑갈색 토양이 바스락거리는 나뭇잎과 함께 촉촉하게 밟힌다. 숲은 참나무(Oak)와 자작나무(Birch)들이 주를 이루고 있다. 간간이 가지를 물에 담가 놓으면 물이 푸른색으로 변한다는 물푸레나무(Ash)도, 마녀로부터 집을 보호해 준다고 하여 처치야드(Churchyard)나 영국의 집 앞에 많이 심었다는 주홍색 작은 열매가 포도송이처럼 열리는 마가목 나무(Rowan)도, 붉은 깔때기 모양의 열매가 열리는 천 년을 산다는 주목나무(yew)도 보인다. 나무들 아래에는 크고 작은 고사릿과의 양치식물들이 치마를 두른 것처럼 군데군데 군락을 이루고 있다. 다람쥐도 새들도 캐터필러도 먹을 게 많은 풍요로운 숲이다. 공원 왼쪽으로는 9홀 골프코스가 공원과 큰 경계 없이 있는데 멤버십이 없어도 누구나 15파운드면 즐길 수가 있다.

피톤치드 가득 뿜어져 나오는 숲을 온몸으로 느끼며 통과하고 나면 산책하는 사람들의 발자국으로 자연스럽게 만들어진 오솔길이 보인다. 그 길을 따라가다 보면 시야가 한눈에 들어오는 넓은 들판이 나오면서 갑자기 머리 위에 있던 숲이 사라지고 푸르른 하늘에 눈이 부시다. 산책 중인 사람들이 군데군데 보이고 여기저기서 강아지들이 뛰놀고 있다. 강아지 목줄을 풀어 주어도 강아지가 어디 있는지 한눈에 볼 수 있어서 불안한 마음 없이 강아지를 놀리기에 좋은 곳이다. 주인들이 공을 던져 주면 강아지들이 물어온다. 가져오면 또 던져 주고 그렇게 주고받고 공원 한쪽 끝에서 다른 쪽 끝까지 발 도장을 찍는다.

나와 남편이 다시 방향을 틀어 돌아오는 길에 꼭 들러서 쉬어 가는 장소가 하나 있다. 나무가 병풍처럼 둘러진 숲 안쪽, 아늑한 곳에 놓여 있는 벤치가 바로 그곳이다. 우리는 긴 산책 후 편안하게 벤치에 앉아서 집에서 미리 준비해 온 커피와 함께 숲 향기를 마시며 여유로운 시간과 아름다운 자연을 마음껏 누렸다. 그런데 이곳을 더 특별하게 만드는 것은 이 벤치의 등받이에 부착된 명판 때문이다.

영국의 공원에 가면 벤치를 많이 볼 수 있다. 특이한 것은 벤치마다 누군가를 추억하는 글귀들이 새겨진 명판들이 부착되어 있다는 것이다. 사랑하는 엄마를 기념하며, 사랑하는 남편을 추억하며, 사랑하는 아들을 향한 절절한 그리움을 담아서. 저마다 사랑하는 누군가를 먼저 보낸 후 그들을 추억하는 글귀들이 새겨져 있다. 나는 영국의 어느 공원, 어떤 벤치에서 쉬어 가든지 항상 명판을 읽고 그분들께 감사 인사를 드린다. 명판이 붙은 공원의 벤치는 돌아가신 분을 기리기도 하고 사회에 기부도 할 수 있는, 내가 영국에서 발견한 참으로 아름다운 문화 중에 하나이다. 나도 언제가 죽으면 내가 자주 가던 곳에 내 이름이 새겨진 저런 벤치 하나쯤 있으면 좋겠다 하고 늘 생각하곤 한다. 뭐라고 새기면 좋을까.

"In loving memory of ○○○. Wife, Mum, Granma in Heaven."(천국에 계신 사랑하는 아내, 어머니, 할머니이신 ○○○를 기억하며) 쯤이면 좋지 않을까. 이런저런 생각을 하다가 자리에서 일어난다.

오늘도 '50여 년간 이 공원에 그들의 테리어 강아지들을 데리고 산책을 왔었던 베티와 모리스 윌리엄스'에게 감사하며 잘 쉬었다 간다고 마음속으로 감사 인사를 드린다.

처치야드
- 죽음과 동행하는 삶

'네가 흙으로 돌아갈 때까지 얼굴에 땀을 흘려야 먹을 것을 먹
으리니 네가 그것에서 취함을 입었음이라 너는 흙이니 흙으로
돌아갈 것이니라 하시니라.'

(창세기 3:19)

아이들이 중학교에 다닐 무렵 우리 가족은 런던의 외곽, 버킹
엄서 초입인 아머샴으로 이사를 했다. 남편의 오피스는 바로 옆
동네 체샴에 얻었다. 언덕 하나를 두고 한쪽은 아머샴, 다른 한
쪽은 체샴으로 동네가 나뉜다. 여름이면 체샴으로 내려가는 언
덕길 양옆에 무성하게 자라난 나무들이 아치 모양의 트리 터널
을 만들어 준다. 반짝이며 움직이는 나뭇잎 사이로 하늘이 슬쩍
슬쩍 보이는 그 길을 지나갈 때면 느끼는 마음속 아늑함, 그 편
안함이 느껴질 때면 '어머니의 자궁이 이만큼 포근하겠다' 하고
생각이 들었다. 매일 아침 출근길, 남편과 나는 이 아름다운 언
덕을 지나자마자 나오는 왼쪽 길로 따라서 다시 왼쪽으로 더욱

더 깊은 골목으로 들어갔다. 마을 전체가 보존지구로 지정되어 있는 이 작은 타운은 벌써부터 주차 전쟁이다. 우리는 좁은 골목길을 돌고 돌아서 인적이 드문, 아무도 올 것 같지 않은 돌다리 앞에 주차를 했다.

성공적으로 자동차를 세우고 나면 가뿐한 마음으로 오피스로 가기 전에 우리가 항상 들르는 곳이 있다. 중세 시대의 벽돌집(그레이드 리스티드 빌딩: 역사적으로 보존가치가 있는 건물 등급)들이 있는 거리를 지나 울퉁불퉁한 코블스톤 길을 따라서 언덕 위의 게이트로 들어간다. 가파른 길을 숨을 헉헉대며 올라가면 1000년은 됨직한 고풍스러운 교회를 중심으로 양옆의 처치야드(Churchyard: 교회의 정원)가 나온다. 그곳에는 세월의 무게를 못 이긴 비석들이 교회로 올라오는 사람들에게 고개를 숙이고 인사를 하는 것처럼 서 있다. 교회로 들어가는 길이 숭고해지는 순간이다. 나는 침을 꼴깍 삼키며 조심스럽게 몸을 웅크리며 교회 안으로 들어가려고 시도한다. 하지만 오래된 예배당 문은 기어이 '꺄악' 하고 소리를 지르고 만다. 예배당 안을 가득 채운 교회 멤버들의 고요한 기도 소리를 가르며 초대받지 않은 방문자 두 명이 예배당 안으로 들어선다.

높은 스테인드글라스 창문을 통해 들어오는 아침햇살이 마치 천국에서 내려오는 빛처럼 거룩하게 느껴진다. 남편과 나는 이때만큼은 각자 떨어져 앉아서 지극히 개인적인 기도의 시간을 가진다. 우리의 기도 소리, 예배당 안쪽에서 멤버들이 기도하는 소리, 그 소리 넘어 믿음의 선현들의 소리가 하나의 소리가 되는 듯하다.

세상에 소망이 많은 나의 기도는 언제나 짧다. 나는 하늘을 보듯 예배당 천장을 올려다본다. '천국이 저만큼 높을까? 내가 과연 도달할 수 있을까?' 두리번거리며 내 안의 질문들이 쏟아질 때쯤 남편과 눈이 마주치면 조용히 예배당을 나온다.

우리는 누가 먼저랄 것 없이 자연스럽게 교회 앞에 있는 벤치에 잠시 앉는다. 처치야드의 수많은 무덤들이 소곤거리는 우리 얘기를 듣고 있는 것 같다.

'Memento Mori!' 죽음을 기억하라.

삶과 죽음이 한 자락임을…. 이곳에서 발견하였다. 이곳은 삶 가운데 죽음이 있는 곳, 죽음과 동행하는 곳, 생각이 깊어지는 곳이다.

우리는 짧은 담소 후 아무도 모르는(어쩌면 모두가 아는 길일 수도 있다) 교회 뒷길로 내려간다. 교회 뒷문은 동네 공원과 바로 연결되어 있다. 뒷문을 나서니 시끌벅적 수십 마리의 오리와 거위들이 뒤뚱뒤뚱 사람들과 뒤섞여 걷고 있다. 저 멀리 체샵의 낯익은 키다리 청소부 아저씨는 벌써 빗자루로 거리를 쓸고 계신다. 론즈파크와 체샵 마켓스퀘어 사이에 있는 도로 위의 차들이 빵빵 경적을 울리며 달리고 있다. 이 공원을 지나서 저 길만 건너가면 세상과 한판을 붙어야 한다. 오늘도 주어진 삶을 충실히 살기를 다짐하면서! 길을 건넌다.

'Carpe diem! Seize the day!'

푸드뱅크
- 나누는 삶

'너희가 너희의 땅에서 곡식을 거둘 때에 너는 밭모퉁이까지 다 거두지 말고 네 떨어진 이삭도 줍지 말며 네 포도원의 열매를 다 따지 말며 네 포도원에 떨어진 열매도 줍지 말고 가난한 사람과 거류민을 위하여 버려두라'

(레위기 19:9-10)

처음 노팅엄에 이사 와서 동네 산책 중에 마주친 건물이 하나 있었다. 겉에서 볼 때는 교회인데 교회로 사용하는 것은 아닌 것처럼 보였다. 건물 입구에는 'Hope House'라고 어설프게 페인트로 칠해져 있었다. 앞마당에는 동네 펍(pub)에서나 봄 직한 피크닉 벤치들이 군데군데 놓여 있었다. 때로는 사람들이 건물 밖에서 바자회 같은 것을 하고 있기도 하고 때로는 건물 입구부터 앞마당 끝까지 긴 줄이 서 있기도 했다.

뭐 하는 곳인지…. 어떤 곳인지….

몹시 궁금해지는 건물이었다. 나중에야 이곳이 바로 우리가 살고 있는 지역에 13개의 지부를 두고 있는 푸드뱅크(Food Bank)의 본부임을 알게 되었다.

푸드뱅크의 기본적인 취지는 배고픈 사람이 없게 음식을 제공하여 지역커뮤니티를 더 건강하게 번영시키는 데 있다고 한다. 영국?… 배고픈 사람들?… 매치가 안 되는 것 같지만 실제로 영국인구 다섯 명 중 한 명이 포버티 라인(poverty line: 최저 생계비) 아래 있다고 하니 놀라운 일이다. 어느 나라나 도움이 필요한 빈곤층은 있는 듯하다.

푸드뱅크는 영국 전역 구석구석에 널리 퍼져 있다. 푸드뱅크를 이용하는 데 특별한 자격은 없다. 주로 홈리스, 저소득층, 싱글맘 등등 저마다의 사연을 가진 사람들이 이용한다. 우리 동네의 Hope House는 지역 교회들이 연합해서 모은 물품과 기부금 등을 받아서 운영한다.

그렇다고 해서 푸드뱅크는 종교인들만 참여하는 자선단체만은 아니다. 영국에 있는 Tesco, Sanisbury's, M&S, Waitrose를 비롯한 거의 모든 대형 슈퍼마켓 체인들의 매장 한편에는 언제나 푸드뱅크 트롤리(쇼핑카트)가 놓여 있다. 슈퍼에서 쇼핑을 하고 나가는 사람들이 자연스럽게 물건을 기부하고 나갈 수 있게 말이다. 그렇게 익명으로 기부된 물건들을 모아서 슈퍼마켓은 푸드뱅크에 전달한다.

이러한 기부는 비단 부유하고 넉넉한 사람들만이 하는 것은 아니다. 영국에서 가장 저렴한 슈퍼마켓으로 알고 있는, 상대적으로 저소득층 사람들이 많이 이용한다는 아스다(Asda)의 푸드뱅크 트롤리에도 마감시간이 되면 물건이 한가득 채워지는 걸 보면 말이다. 기부 받는 품목들은 식료품 및 생활 소모품으로 주로 깡통류나 시리얼, 파스타, 설탕, 밀가루, 치약, 기저귀, 아기 분유 등등 살아가는 데 꼭 필요한 생필품들이다. 때로는 푸드뱅크 트롤리 옆에 오늘은 어떤 품목이 급한지 기부하는 사람들이 알 수 있게 공지해 놓는 경우도 있다.

처음 영국으로 유학을 와서 얼마 지나지 않은 마음이 가난한 어느 크리스마스이브였다. 거리에는 크리스마스 캐럴이 흘러나오고 아름다운 라이팅 장식이 휘황찬란해서 상대적으로 내 마음이 더 춥게 느껴지는 때였다. 늦게나마 슈퍼에 가서 크리스마스에 만들어 먹을 식료품을 사서 나오는데… 출입구 한쪽에 있는 푸드뱅크 트롤리에 각종 식료품이 산더미처럼 쌓여 있는 게 아닌가. 파스타, 식빵, 베이크드 빈, 참치 캔, 커피, 홍차, 화장지, 기저귀 등등 식료품에서 아기 용품에 이르기까지 품목 하나하나가 눈에 들어왔다. 순간 코끝이 찡해지고 눈물이 왈칵하고 터져 버렸다.

이제는 나에게는 익숙해진 광경이지만 그 당시 먹먹했던 그 감동을 지금도 잊을 수가 없다. 각박하기만 한 세상이라 여겼는데…. 세상은 생각보다 따뜻했다. 내 것 하나를 사면서 가난한 사람을 위해서도 일부를 떼어주는 영국인들의 몸에 밴 기부문화는 어쩌면 과부와 고아들을 도우라는 영국의 근간을 이루는 기독교 정신에서 나온 것이 아닐까 하는 생각이 든다.

이것이 경제적으로만 선진국인 나라들이 도저히 따라잡을 수 없는 이 나라만의 보이지 않는 아름다운 가치 중의 하나가 아닐까!

신호등 없는 길

영국은 조금만 도시를 벗어나도 시골길이 나온다. 이 길은 겨우 자동차 한 대가 지나갈 수 있는 1차선의 꼬불꼬불한 길이다. 그런데도, 황당하게도 일방통행이 아닌 쌍방향 통행길이다. 즉, 하나의 길 위에 상행과 하행이 동시에 일어날 수 있다는 얘기다. 심지어 이 좁은 길은 빼곡히 심어진 나무 울타리 혹은 높게 쌓은 돌담으로 인해서 마치 미로와 같다.

이런 길을 지날 때면 신경이 곤두서는 건 어쩔 수 없다. 언제 맞은편에서 차가 튀어나올지 모를 불안함에 가슴이 콩닥콩닥거린다. 가도 가도 끝이 없을 것 같은, 앞이 보이지 않는 길에 긴장을 늦출 수가 없다. 오직 운전자의 감각에 의존해서 통과해야 한다. 다행히 길 중간쯤에 가면 언제나 자동차 한대가 들어갈 만한 공간을 발견할 수 있다. 주행 중에 앞에서 차가 오는 소리가 들리면 이 공간에 살포시 차를 세우고, 지나갈 수 있도록 기다려 주면 된다. 그렇게 멈췄다가 섰다가를 반복하며 양보하고, 양보받고 가야 하는 길이다. 이런 길에서 무턱대고 빠른 주행을 하다가는 사고가 나거나 오도 가도 못 하는 꽉 막힌 길이 되어 버릴 것이다. 그런데 신기하게도 그런 일은 좀처럼 일어나지 않는다. 운전자들이 서로서로 눈치를 보며 알아서 보이지 않는 규칙을 지키기 때문이다. 운전자들은 누가 양보할 차례인지, 누가 양보를 받을 차례인지를 본능적으로 알고 있다.

이러한 규칙은 영국에만 있는 색다른 라운드어바웃(Round-about)이라는 길에도 적용된다. 우리 식으로 표현하면 신호등 없는 원형교차로쯤 될 것이다. 신호등에 의해서 움직이는 게 아니라 운전자 스스로가 판단해서 운전해야 한다. 운전자의 우측에 있는 차가 먼저라는 규칙이 있어 운전자들끼리 눈빛이나 손짓으로 어떤 차가 우선인지 시그널을 보내 준다. 원형교차로인 만큼 장점도 있다. 교차로에 들어서서 어느 길로 가야 되는지 잘 알지 못해 방향을 놓치면 그냥 원형으로 된 길을 빙글빙글 돌다가 맞는 길을 찾아 들어가면 된다.

처음에 나는 영국의 이런 도로운전이 좀 복잡해 보이고 부담스러웠다. 그냥 신호등이 지시해 줬으면 딱 편하겠다 싶었다. 언제부터인지 몰라도 지시하고 따르는 삶에 편안해졌다고 할까…. 나는 작은 길 위에서조차 스스로의 결정에 불안해했다.

그런데 놀랍게도 어느 순간 이러한 규칙에 익숙해지고 나니 신호등에 의해서 통제되는 도로보다 훨씬 더 유연한 교통의 흐름을 발견하게 되었다. 사회적 합의에 협력하는 훌륭한 시민의식이 없이는 이루어질 수 없는 일이기도 하다. 이러한 도로 운행 규칙이 상대방을 먼저 배려하고 조심조심 살아가는 영국인들의 성향 때문인 것인지…. 아니면 이러한 도로 법규가 그런 영국인의 성향을 만들어 낸 것인지는 나로서는 알 도리가 없다. 다만 이런 도로를 갈 때면 인사도 나눠 보지 못한 생판 모르는 사람들끼리 서로를 배려하고 배려받는 느낌을 경험하게 된다. 나아가 도로 위에서 영국인들과 묘한 연대감과 소통이 느껴지기까지 하는 것이다. 사람 냄새 나는 길이다. 나는 이 신호등 없는, 자유로운 영국의 길이 참 좋다.

내가 영국에서 부자가 된 이유

내가 살던 아머샴은 영국에서도 손꼽히는 자연 친화적인 지역 중의 하나이다. 우리나라 같으면 고속열차가 들어오는 것은 호재라고 그 유치를 위해 동네 주민들이 발을 벗고 나설 일이지만 이곳의 반응은 사뭇 다르다. 오히려 이곳은 그와는 정반대로 유치를 반대하는 모임이 결성되었다. HS2(High Speed 2)는 런던에서 영국의 중부지방을 연결하는 고속철도 노선이다. 2009년 노동당 정부에 의해서 계획을 세운 이후 수년째 줄다리기를 하던 아머샴 시민들과의 싸움 끝에 지상으로 지나가던 고속열차가 지하 터널로 지나는 것으로 바뀌어 버렸다. 자연보호 때문이란다. 좋은 얘기다. 한국 같으면 아무리 자연을 보호하자는 명목이래도 돈이 개입되면 슬며시 통과돼 버릴 것이다. 한국이 개발 찬성의 지역이기주의라면 영국은 개발 반대의 지역이기주의이다. 이런 시설이 들어서면 오히려 집값이 내려가 버린다. 그러니 경제적 실리를 생각해 봐도 반대할 명분이 충분히 있어 보인다. 실제로 HS2가 지나가는 위치에 집을 가지고 있던 아머샴 지역의 국회의원이 그 발표가 나기 전에 자기 집을 슬며시 팔아 버리는 일이 발각되자 사임압박을 받기도 했다.

영국은 뭐든지 계획하고 실행하는 데 오랜 시간이 걸린다. 그래서 수년간 토론에 토론을 거쳐 그것이 진짜 실행될 때가 되면 상황에 따라서 아예 무산되거나 변경되는 일도 종종 있다. 아머샴에 HS2를 짓는 일도 수년째 토론을 하다가 결국은 이런 결과를 만들어 냈다. 지역사회의 승리이기도 하다.

계획이 통과되면 다 된 것 같지만⋯. 사실 그렇지 않은 것이 2029년에서 2033년까지 순차적 완공이라니 새로 지은 철도가 완공 시점에는 고철이 되어 있지 않을까 우려스러워지기도 한다. (아니나 다를까. 이 글을 쓰는 시점에서 HS2 일부 구간이 전면 취소되어 버렸다.)

영국의 자연을 사랑하고 그것을 지키려 한 사람 중에 우리에게 잘 알려진 사람이 한 명이 있다. 바로 〈The Tale of Peter Rabbit〉으로 유명한 Beatrix Potter(1866-1943)이다. 한국 사람들은 아마 피터 래빗 이야기는 알아도 베아트릭스 포터가 생전에 자연보호를 위해 얼마나 헌신했는지는 알지 못할 것이다. 그녀는 18세기 후반의 사람으로서 영국에서 개발의 광풍이 불던 산업혁명의 시대에 태어났다. 영국의 숲이 점점 없어져 가는 것을 안타까워하던 그녀는 피터 래빗의 성공으로 벌어들인 돈으로 개발자들이 더 이상 개발을 못 하게 막기 위하여 영국에서도 아름답기로 유명한 호수지방인 레이크 디스트릭트의 엄청난 크기의 땅을 사 버린다. 레이크 디스트릭트의 자연을 너무나도 사랑했던 그녀는 피터 래빗 이야기의 배경이 된 별장 힐탑을 비롯한 4000에이커의 땅과 15개의 농장을 사후에 '내셔널 트러스트'에 기증하였다.

가족과 함께 레이크 디스트릭트에 있는 윈더미어 호수를 여행할 때였다. 유유히 흘러가는 강물 위에서 정말 말도 안 되게 아름다운 경관에 감탄하고 있을 때, 안내방송을 하던 선장이 저기 보이는 저 숲이 베아트릭스 포터가 내셔널 트러스트에 기증한 곳이라고 손으로 가리켰다. 강 건너 경계를 알 수도 없는 저 너른 땅을 다 후세에게 물려주는 이 나라 사람들, 정말 존경스럽지 않은가. 한국 같으면 친일파도 조상 땅 찾기에 혈안인데… 이 나라 후손들은 정말 축복받은 거 아닌가 생각하니 너무나 부러워지는 순간이었다.

베아트릭스 포터가 레이크 디스티릭트의 땅을 기증한 곳인 내셔널 트러스트는 잉글리시 헤리티지와 더불어 영국의 문화유산 및 자연을 보호하는 비영리 재단이다. 영국 전역에 두 재단이 관리하는 저택과 성, 농장, 땅들이 셀 수 없이 많다. 대부분이 귀족들이나 사업가들이 기증한 것들로 이전 세대가 고이 물려준 재산이며 후세가 누리고 지켜야 할 자산이다.

우리 가족은 해마다 내셔널 트러스트, 혹은 잉글리시 헤리티지 이런 식으로 번갈아 가며 멤버십에 가입했다. 성인 두 명에 어린이 두 명인 가족 멤버십에 가입하면 조금 더 저렴하게 이용할 수 있다. 가입 시 준 책자를 들고 스코틀랜드에서 북아일랜드, 웨일스, 잉글랜드 저 아래 섬들까지 곳곳을 돌아다녔다. 영국인들의 자연과 문화유산 보존을 위한 노력은 정말이지 놀랍도록 열정적이다. 가는 곳마다 자원봉사 할아버지, 할머니들이 그곳의 역사를 설명해 주고 안내해 줬다. 우리는 그들의 조상들이 물려주고 그들의 후손들이 가꾸는 곳을 마음껏 즐겼다. 영국 전역에 내 별장이 있는 것 같았다.

그중에서도 우리 집과 가까워 우리 가족이 자주 갔던 Waddson Manor라는 곳이 있다. 내셔널 트러스트 중에서도 그 저택의 규모와 아름다운 가든으로 영국에서도 손꼽히는 곳이다. 그 유명한 로스차일드 가문이 기증한 곳이기도 하다.

이렇게 멋진 곳을 방문할 때면 남편은 아이들에게 우리끼리 늘 하는, 우리만 아는 능청스러운 농담을 하곤 했다.

"여기는 말이야. 사실 너희들에게 말은 안 했지만 우리의 세

컨드 하우스야." 그러면 아이들도 너스레를 떨며 "아, 그래요? 우리는 정~말 부자네요" 하고 되받아쳤다.

한순간에 온 가족이 부자가 되어 껄껄 웃는다.

어디든 마음에 그것을 품으면 내 것이다. 이름난 곳이 아니라도 우리 집 가까운 곳에도 아름다운 곳이 많다. 저 멀리 옹기종기 모여 있는 아머샴 빌리지가 내려다보이는 Goer hill의 가파른 언덕을 내려올 때마다 나는 남편에게 얘기하곤 했다.

"여보, 저 아름다운 필드를 다 마음에 품어 봐. 그러면 다 당신 거야."

중산층의 정의

　영국은 형식상으로는 아직도 왕이 통치하는 입헌군주국(Constitutional Monarchy)이다. 전제군주제와는 달리 헌법이 정하는 범위 안에서 군주권의 행사가 이뤄진다는 것이다. 사실 왕이 정치적 통치행위를 하지 않으니 유명무실한 군주제라고 할 수 있겠다.

　입헌군주제는 영국의 귀족들이 존 왕을 협박하여 얻어낸 마그나 카르타(1215)가 그 시초이다. 의회의 동의 없이 세금을 마음대로 거두어들일 수 없다는 게 골자였다. 왕보다는 의회 권력에 힘이 실리면서 오늘날 민주주의의 모태가 되었다.

　영국에 왕이 있으니 당연히 아직 귀족도 존재한다. 귀족들을 본 적이 없으니 현대에는 그들이 어떤 라이프 스타일로 살아가는지 나로서는 알 길이 없다. 나는 아머샵에서 런던으로 가는 튜브를 탈 때마다 내가 타고 있는 열차 안 어딘가에 귀족이 있지 않을까 상상을 해 보곤 하였다. 물론 귀족들에게는 쇼퍼(Chauffeur: 개인 운전사)가 있는 자가용이 더 어울리겠지만 누가 알겠는가. 현대의 귀족은 우리와 똑같은 라이프 스타일로 살아가고 있을지….

산업혁명 이전에 영국 사회는 어떤 가족에서 태어났는지에 따라 계층으로 나뉘었고, 그것이 그들의 직업, 사회적 지위, 정치적 영향력에 영향을 미쳤다. 하지만, 이후에는 특히 교육 수준이 높아지면서 계층 간의 이동이 쉬워졌다. 오늘날 인정되는 클래스 시스템은 크게 다섯 개의 계층으로 나눌 수 있다. (2019년 9월 3일 〈Great British Mag〉 참조)

논란의 여지가 있기는 하지만 장기 실업자나 노숙자 등은 하층계급(Lower Class)에 속한다. 그리고 대학 교육을 받지 않은 비숙련 노동자, 공장 노동자는 노동자 계급(Working Class), 중산층(Middle Class)에는 상점 주인, 화이트칼라 전문가들(말 그대로 사업가와 사무직 사람들), 교사, 언론인, 간호사 등 영국인들의 대다수가 이 범주에 속한다. 상류층(Upper Class)은 사회의 가장 부유한 구성원들이며, 가장 큰 정치적 권력을 행사한다. 단순히 최근의 부(富)가 아니라 상속받은 지위의 세대를 말한다. 실생활에 대한 단서가 없고 실용적인 기술이 부족한 사람이라고 비판되기도 한다. 그리고 마지막으로 귀족층(Aristocrats)이 있다. 왕실과 영주나 남작과 같은 작위를 가진 사람들이 이 그룹에 속한다. 고 다이애나 왕비도 스펜서 백작가

문 출신이다.

이렇게 영국에서 일반적으로 동의하는 사회적 계층이 있다고는 하지만 현대 사회에서는 예전과 같은 지위를 가지고 있지는 않다. 노동자 계급의 사람들도 좋은 교육을 받고 직업에 종사함으로써 중산층과 상류층이 될 수 있다. 중산층 출신으로 좋은 교육을 받은 케이트 미들턴이 영국의 왕위 서열 1위인 윌리엄 왕자와 결혼해서 신분 상승을 이룬 좋은 본보기라 할 수 있다. 그녀의 아버지는 영국 항공의 항공 운항관리사이며 어머니는 승무원이었다. 두 사람은 나중에 온라인 파티용품 쇼핑몰을 창업하여 큰돈을 벌게 되었다. 평범한 사람이 자수성가한 예라고 할 수 있겠다.

1997년 영국 노동당 정부 아래서 존 프레스코트 부당수는 노동당 정부 복지의 확대에 대한 자신감으로 이제 우리는 모두 중산층이라고 선언했던 적도 있었다.

1997 by John Prescott, then Labour's deputy leader, that "we're all middle – class now."

그런데 세상이 그렇게 선언한다고 해서 어디 그런가… 능력과 기회에 따른 자연스러운 계층의 차이가 생기기 마련이다. 개인적으로는 차이를 인정하지 않는 것이야말로 이룰 수 없는 이데아를 좇는 신기루가 아닐까 싶다.

영국의 다양한 미디어에서 중산층에 대한 생각을 다양하게 접근하고 있다.

2013년 데일리메일(Daily Mail)의 기사는 좀 수치화되어 있어서 중산층을 판단해 보기가 쉽다. 2,000명의 사람에게 '중산층이라고 생각되는 사람'에 관해 물었다.

1. 풀타임 근로자로 연간 소득이 24,744파운드(약 4천 5백만 원)인 사람
2. 가족의 총소득이 43,592파운드(약 8천만 원)인 가족
3. 포드(Ford)나 복솔(Vauxhall) 또는 도요타 자동차를 가지고 있는 사람
4. 278,714파운드(약 5억 원)짜리 단독주택을 소유하고 살고 있는 사람
5. 기혼자
6. 매해 휴가를 다른 곳으로 가되 셀프 케이터링(self-catering)이 가능한 곳으로 가는 사람
7. 평균 25,963파운드(약 4천 6백만 원) 정도의 저축이나 투자

금을 가지고 있는 사람

2015년 11월 1일 텔레그라프(Telegraph)는 중산층은 소득수준이 아니라 경제사회 문화 소비 행태에서 계층이 구분된다고 말한다. 얼마를 버느냐가 아니고 어디에서 무엇을 쇼핑하고 문화생활은 얼마나 즐기냐로 결정된다.

전형적인 중산층의 스테레오 타입은 바버자켓을 입고, 교외에 별장을 가지고 있으며, 유기농 농산물 위주로 먹고, 레인지 로버를 몰고 다니는 모습이다. 이런 사람이 전형적인 영국 중산층의 모습이라고 묘사하고 있다.

가디언(Gardian)지에서는 독자들에게 질문을 던져보았다.

'How should we define working class, middle class, and upper class?'
(노동자계층, 중산층, 상류층을 어떻게 정의해야 할까요?)

사람들에게 쓴웃음을 줄 재미난 의견들이 많이 나왔다.

Paid by the week, rent your house – working class.

Paid by the month, own your own house — middle class.

Don't have to work, inherited your house, plus estate — upper class.

주 단위로 급여를 받고 셋집에 살고 있으면 working class.

월 단위로 급여를 받고 자기 집을 가지고 있으면 middle class.

일하지 않아도 되고 집과 부동산을 유산으로 받았으면 upper class.

when you go to work in the morning, if your name is on the front of the building, you're upper class; if your name is on your desk, you're middle class; and if your name is on your shirt, you're working class.

당신이 아침에 직장에 갈 때 건물 앞에 당신 이름이 있으면 상류층. 책상 위에 당신 이름이 있으면 중산층. 당신의 셔츠에 당신 이름이 있으면 워킹 클래스.

웃자고 한 얘기인 것 같지만 너무 맞는 말 같아 씁쓸하기도 하다. 그러면 이쯤에서 궁금해진다.

당신은 어느 계층인가? 영국 사람들에게 묻는다면 대부분이 중산층이라고 대답한단다. 엄밀히 말해서는 아닌데도 말이다.
나도 내가 중산층 같다.

영국의 귀족 집안 엿보기

아이들이 어렸을 때 우리 가족이 함께 즐겨보던 드라마 중에 ⟨Downton Abbey⟩라는 영국의 민영방송(iTV)에서 만든 드라마가 있다. 2010년에 처음 방영되어 선풍적인 인기를 끌어서 시즌 6까지 나온 Historical drama이다.

1912년부터 1926년까지 요크셔의 시골 마을 다운턴 애비를 배경으로 한 이 시리즈는 그랜섬 백작(Earl of Grantham)인 크롤리(Crawley) 가족과 그들의 하인들의 삶, 그리고 그 시대의 사건들이 그들의 삶과 영국 사회 계층에 미치는 영향을 실감 나게 묘사하고 있다. 시즌마다 등장하는 사건들은 변화하는 격동의 세계를 총망라하고 있다. 첫 화의 타이타닉호 침몰 소식으로 시작하여 제1차 세계 대전(World War I, 1914-1918), 스페인 독감 대유행, 마르코니 스캔들, 아일랜드 독립 전쟁, 티포트 돔 스캔들, 영국 총선, 1923년의 Beer Hall Putsch 등이 배경으로 나온다. 그리고 마지막으로 시즌 6에서는 전쟁 기간 동안 노동자 계급의 상승을 소개하고 영국 귀족 계급의 궁극적인 쇠퇴를 암시하고 있다.

이야기의 시작은 타이타닉(1912년 4월 4일)을 타고 가던 크롤리 백작 가문의 공식 상속인이이자 큰딸 메리의 약혼자인 패트릭이 죽으면서부터다. 크롤리 가문은 딸만 셋이 있는데 남성 상속인에게만 소유권과 재산을 부여하던 그 당시 법 때문에 위기에 처하게 된 것이다. 이러한 비합리적인 법 때문에 영국을 배경으로 한 대부분의 역사드라마의 설정이 딸에게 상속할 수 없는 재산 문제에 봉착한 가문들의 이야기들이다. 영국 작가, 제인 오스틴이 쓴 〈오만과 편견〉이나 〈설득〉과 같은 작품도 다 비슷한 설정의 이야기다. 백 년 전 영국 여성의 권리가 이렇게도 없었다니 놀라울 따름이다.

이 드라마가 더욱 흥미로운 것은 화려한 상류층 주인공만을 주로 묘사하는 것이 아니고, 이 집안에서 일하는 하인들의 이야기도 소소하고 재미있게 묘사하고 있다는 것이다. 그랜섬 백작의 새로운 하인이자 전 보어 워 배트맨인 존 베이츠와 야심만만한 젊은 풋맨 토마스 배로우의 긴장감 넘치는 갈등과 모함, 거기에서 빠져나오는 존 베이츠의 이야기, 그리고 하인들의 사랑 이야기도 주요 볼거리이다.

다운톤 애비같이 큰 저택을 운영하기 위해서는 많은 하인들이 필요하다. 하인들은 저마다의 위치에서 이 집을 유지하는 데 열심이며 자신들의 역할에 자부심을 가지고 있다. 집사(Butler)와 가정부(Housekeeper)는 가장 권위가 있는 위치이며 나머지 하인들의 전반적 일들을 지시하고 관리하고 책임을 진다. 다운톤 애비에는 Estate manager(agent), Butler, Underbutler, Housekeeper, Groom, Chauffeur, Head Gardener, Librarian, Head Valet, Valet, Senior Lady's maid, Lady's maid, First footman, Second footman, Head housemaid, Head cook, Assistant cook, Kitchen maid, Nanny, Hall boys와 같이 역할과 직위에 따른 많은 하인이 존재한다.

우리 가족은 다운톤 애비를 통해 백 년 전 귀족가문과 하인들의 삶을 알게 되었다. 드라마에는 귀족들의 라이프 스타일, 먹는 거, 입는 거, 사교모임, 에티켓 그리고 하인들의 기거하는 방과 그들이 하는 일들에 대한 전문성 등을 잘 묘사하고 있다. 우리 가족은 이 드라마를 통해 귀족의 저택의 구조나 운영되는 시스템도 알게 되었다. 드라마를 보고 나서 내셔널 트러스트의 귀족의 집들을 방문할 때면 그 옛날 그곳에 살았을 사람들의 삶을 더 생생하게 그려 볼 수 있었다.

다운톤 애비 시리즈 중에서도 가장 인상 깊게 본 장면이 하나 있다. 메리의 약혼자가 죽고 다음 상속인으로 지목된 워킹 클래스 출신의 변호사 메튜 크롤리와 백작가의 사람들의 첫 디너타임 시간에 나온 대화이다.

시빌: What will you do with your time?

(당신은 여유 시간에 무엇을 할 건가요?)

메튜: I've got a job in Ripon. I said I will start tomorrow.

(나는 리폰에 직업이 있어요. 내일부터 일한다고 말했어요.)

백작: A job? You do know, I mean to involve you in the running of this estate?

(직업? 이 저택을 관리하는데 내가 너를 포함할 거란 걸 너도 알고 있지?)

메튜: Don't Worry, there's plenty of hours in the day and of course I have the weekend.

(걱정 마세요. 나는 시간이 많아요, 물론 주말도 있고요.)

백작 어머니: What is a weekend?

(주말이 무엇인가요?)

백작 어머니의 "What is a weekend?"라는 대사는 귀족의 삶과 워킹 클래스(변호사)에 속하는 평민의 삶이 얼마나 다른지를 극명하게 보여 주었다. '주말이라는 것이 무언가요?' 휴일의 개념이 없었던 귀부인의 질문은 다운톤 애비에서도 최고로 화제가 되었던 명대사이다. 매일매일이 주말(Weekend)인 삶을 살고 있는 백작가의 사람들에게는 보통 사람들이 일하는 날과 일하지 않는 날의 구분이 있다는 것이 생소하기만 하였던 것이다.

우리 가족은 이 대사가 너무나 재밌어서 한동안 아무 말에나 갖다 붙이며 말장난을 하였다. 'Oh dear, What is a weekend?' 그렇게 드라마 한 편을 볼 때마다 우리 가족만의 추억도 쌓였다.

생각이 깊어지는 곳

"나는 사람들에게 영국에 오면
목적지만을 향해 걷는 걸음을 잠깐 멈추고
구름 앞에 서 보라고.
구름이 움직이는 곳을 따라가 보라고.
콘스터블이 그랬던 것처럼
내 마음이 어디쯤 있는지
발견해 보라고 알려 주고 싶다."

구름이 가는 나라

영국의 집은 대부분 마당이 2개가 있다. 집의 앞에 있는 앞마당과 집의 안쪽에 있는 뒷마당이 그것이다. 뒤에 있는 마당은 지극히 개인적인 공간이다. 반면에 앞마당은 이웃들에게 노출된 공간으로 공개적인 면이 있다. 앞마당에 심은 꽃과 나무들은 어쩌면 동네 사람들이 오가며 함께 즐길 수 있기 때문이다. 앞마당을 지나 현관문을 열고 안으로 깊이 들어가면 뒷마당과 맞닿은 곳에 자연을 품고 있지만 지극히 사적인 공간인 콘서버터리(Conservatory, 유리로 된 온실방)가 있다. 햇살 좋은 날, 바람 부는 날, 눈보라 치는 날, 비 오는 날, 어느 날이건 그곳에서 다양한 자연을 만날 수가 있다.

나는 가끔 콘서버터리에 누워서 천창을 바라보곤 했다. 그러면 내 마음의 도화지 같은 하늘 위로 구름이 지나간다. 바람은 잠시도 쉬지 않고 꼬리에 꼬리를 무는 구름을 천창으로 데리고 들어와서 데리고 나간다. 어느새 내 마음은 구름을 따라가고 있다. 나의 세상적 고민은 바람에 실려 가고 평화로운 구름이 마음에 들어와 있다.

구름이 다 그 구름이지. 한국이나 영국이나 같다 싶겠지만…
적어도 내가 본 영국 구름은 아주 달랐다. 처음에 영국에 와서
자동차 여행을 할 때부터 나는 구름만 보면 설레었다. 낮은 지
평선 위에 각양각색의 구름들이 달리는 차창으로 파노라마처럼
들어왔다. 피크 디스트릭트의 낮은 산도 구름이 쉬어 가는 곳이
었다. 그곳에는 어김없이 구름 그림자가 내려앉았다.

나는 하이랜드의 대지 위에 떠도는 구름을 보았다. 그 광활
한 곳에 태고의 혼이 숨 쉬고 있는 것을 보았다. 북아일랜드의
Carrick-A-Rede섬에서 갈매기와 놀던… Cornwall의 바다와 사
랑에 빠진 구름도 보았다.

나는 영국의 어디를 가든 구름을 보았다. 그리고 시시가각 변
하는 그 특별한 아름다움에 매료되었다. 뭉게구름이 새털구름
이 되고 겹구름이 꼬리구름이 되었다. 꽃구름이 나비가 되어 날
아가고 저물녘 노을구름은 나를 아련한 노스텔지어에 빠지게
하였다. 새벽의 안개구름은 영국을 마치 요정들이 사는 나라같
이 신비롭게 만들었다. 나는 이처럼 다양한 영국의 구름이 너무
너무 좋아서 어디를 가든 구름만 보면 탄성을 질렀다.

오래전 구름을 모티브로 그림을 그린 영국의 화가가 있었다. 영국만의 특별한 구름을 발견한 18세기 사람, 평생 구름을 그린, 구름의 화가, 존 콘스터블(John Constable)이다. 그는 잉글랜드의 동남쪽 소박한 농촌, 서포크에서 평생 살면서 시시각각 변하는 구름을 모티브로 풍경화를 그렸다. 세계 각지를 여행하며 그림을 그린 동시대 화가 윌리엄 터너와는 달리 콘스터블은 평생 한곳에서만 그림을 그렸다고 한다. 영국의 구름을 너무나도 잘 아는 나는 그가 왜 그랬는지 충분히 이해가 된다. 같은 곳에서 항상 같은 곳을 바라보아도 그가 매료된 영국의 구름은 한순간도 같지 않다는 것을 그는 알았기에 그럴 수 있지 않았을까….

그의 대표작 〈The Hay Wain〉을 보면, 멀리 초원이 보이고 하늘에는 구름이 뭉게뭉게 연기처럼 피어오른다. 구름의 묘사가 시골 마을의 심심한 일상과 대조적으로 압도적이다.

콘스터블은 낭만주의 이전 시대에 야외스케치를 처음으로 시도한 화가였다고 한다. 그의 작품을 보면 그가 누구보다도 가장 구름과 가까운 곳에서 생생하게 그림을 그리고 있었다는 것을 알 수 있다. 실제 자연이 주는 감동을 그대로 캔버스에 옮기고 싶었던 그는 스케치조차도 6피트 이상의 거대한 캔버스에 그렸다고 한다. 그의 구름에는 비단 색채와 형태만 있는 게 아니라 그의 마음이 들어 있다. 구름은 화가의 마음이라고 하는 이유다.

생각이 깊어지는 곳

나는 사람들에게 영국에 오면 목적지만을 향해 걷는 걸음을 잠깐 멈추고 구름 앞에 서 보라고. 구름이 움직이는 곳을 따라가 보라고. 콘스터블이 그랬던 것처럼 내 마음이 어디쯤 있는지 발견해 보라고 알려 주고 싶다.

강아지도 예의 바른 나라

"Hello! 이름이 뭐니?"

"I don't know…." (아들이 강아지 흉내를 내며 말한다.)

우리 벤지가 온 첫날의 얘기다. 벤지는 우리 동네에서 한 시간쯤 거리에 있는 레스터라는 도시의 한 가난한 집에서 왔다. 벤지의 전주인 말로는 아빠는 포메라니언, 엄마는 태리어라고 하는데 아빠는 본 적이 없어서 진짜 아빠가 누구인지는 알 수가 없다. 코로나 시국에, 영국에는 엄격한 록다운(봉쇄) 기간 이 있었다. 하루 한 번의 산책만 허용되었던 시절이었다. 모두 다 집에서 꼼짝없이 머물다 보니 답답해진 우리 가족은 어느 날부터 유튜브로 날마다 강아지만 찾아보았다. 그러면서 알게 되었다. 영국은 강아지를 공짜로 얻을 수 없다는 것을… 아주 친한 지인이 있다면 몰라도 새끼 강아지를 그냥 주고받는 문화는 영국에 없다. 한국에 살 때 키우던 포메라니언 메리는 이쁜 강아지를 한 해에 2번, 한 번에 3마리씩 낳기도 했었는데, 지금 있었다면 나는 영국에서 금방 부자가 되었을 것 같다. 포메라니언 순종은 코로나 시국이 아니어도 한국 돈으로 3백만 원은 주어야 살 수 있고, 믹스드견(잡종)이어도 적어도 1백만 원은 주어야 한다.

결국 우리 가족은 일을 저지르고 말았다. 주시하고 있던 검트리(Gumtree)라는 사이트에서 어느 날 정말 보기 드물게 저렴한 가격의 이쁜 강아지 사진이 한 장 올라왔다. 록다운으로 영국의 강아지 가격이 천정부지로 치솟던 시기였다. 코로나 사태 이전에 비해서 가격이 3배 이상 치솟았다는 얘기가 신문에 실렸다. 보통 인기견종들은 최소 2,500에서 3,500파운드(5백만 원)는 줘야 했다. 근데 1,000파운드(1백 7십만 원)면 거저가 아닌가?

나름대로 강아지를 산다면 생각했었던 기준들이 있었다. 그런데 일순간에 그 기준들은 다 잊히고 무슨 견종인지도 묻지도 따지지도 않고 번갯불에 콩 볶아 먹듯이… 그렇게 벤지가 우리 집에 왔다.

마당에서 강아지를 키우던 한국이 아닌, 집 안에서 강아지를 키우는 영국에서 강아지를 키운다는 것은 정말 쉽지 않았다. 마당에서 가끔씩 나갈 때 보는 것이 아니고 매 순간 같은 공간에서 살다 보니 첫날부터 전쟁이었다.

강아지가 엄마랑 떨어지고 낯선 곳에 와서 그런지 벤지는 우리 집에 온 첫날부터 설사를 하기 시작한 것이다. 하루, 이틀, 사흘이 되자 나는 너무나 걱정이 되었다. 생후 12주에 왔으니 한참 성장기인데 걱정이 이만저만이 아니었다. 아마존에서 파는 약을 사서 두 번쯤 먹이고 나니 설사가 멈추었다. 그런데 요번에는 정말 미치고 팔짝 뛰는 일이 생겼다. 강아지가 똥만 싸면 자기 똥을 먹어 버리는 것이다. 귀엽다고 안아 주면, 핥아 주는 강아지 이빨에 자기 똥이 끼어 있었다. 나는 강아지 하루 일과를 육아일기 쓰듯이 정리했다. 하루에도 다섯 여섯 번 똥을 싸고 있었다. 몇 날 며칠을 잠을 설쳐 가며 강아지 옆에서 보초를 섰다. 강아지가 똥을 먹는 것을 피하려면 새벽에 똥을 싸기 전에 마당에 데리고 나가야 했다. 새벽 2시, 3시, 4시, 자다 깨다 불침번을 서다 날이 새기가 일쑤였다. 남편도 나 때문에 미치겠다고 이제는 그냥 인정하라고 이 개는 똥개니 어쩔 수 없다고 했다. 아무리 그래도 나는 똥을 먹는 것만은 도저히 용납할 수가 없었다. 조용하던 우리 집은 날마다 개 때문에 불화가 일었다. 이 모든 게 이 똥개 강아지를 데려온 남편의 잘못 같았다.

그렇게 고군분투하던 어느 날 이 녀석이 또 한 번 일을 내고야 만다. 실내 화분 안에 들어 있던 날카로운 돌을 가지고 놀다 남편이 위험하다 싶어 뺏으려 하니 날름 삼켜 버린 것이다. 급히 동물병원에 갔다. 의사 선생님은 엑스레이를 찍더니 개복수술을 해야겠다고 결정했다. 너무 돌이 커서 입으로도, 엉덩이로도 안 나올 것 같다고 했다. 그래서 이 녀석이 태어난 지 4개월 만에 배를 가르는 수술을 했다. 아직 보험에 가입하지 않았던 우리는 1,300파운드(2백만 원)라는 생돈을 내야 했다. 데려오자마자 강아지 필수 접종비, 개복수술비, 각종 강아지 용품 및 사료 값을 합쳐서 두 달 새에 3,000파운드가 넘게 들었다.

수술로 밀었던 털이 자라날 무렵 이번에는 털이 빠지기 시작했다. 온 집 안에 털이 날아다니고 나는 콧물을 줄줄 흘리고 다녔다. 아침저녁으로 이제는 털과의 전쟁이었다. 요번에는 각종 털을 치우는 청소용품을 사들이기 시작했다. 처음에는 수동으로 된 롤러를 쓰다가 결국 100파운드짜리 휴대용 청소기를 구입하니 그나마 청소가 좀 쉬웠다. 그렇게 벤지와의 동거는 쉽지 않았다. 파양을 심각하게 고민하기도 하였다.

그러던 어느 날이었다 뒷마당에서 산책 중이던 벤지가 갑자기 나무로 된 울타리 틈을 통해서 옆집으로 빠져나가 버린 것이다. 그리고 옆집으로 더 옆집으로⋯ 어느 집까지 갔는지 알 수가 없었다. 아무리 불러도 돌아오지 않았다. 속이 탔다. 그렇게 4시간여가 지나고 벤지는 어느덧 스스로 돌아와 있었다. 집을 찾아오기는 했지만 혼날까 봐 마당 한쪽에서 벌벌 떨면서 아무리 불러도 들어오지 않는 것이다. 그날부터 바람 난 벤지는 이제 틈만 나면 탈출을 감행하고 그럴 때마다 어김없이 누군가에게 붙잡혀 왔다. 몇 달 새에 벤지는 우리 동네의 유명인사가 되어 있었다. 벤지가 집을 나가면 동네 사람들이 벤지를 안고 밤마다 찾아왔다. 어느 날은 벤지가 낮에 탈출을 했는데 동네 동물 병원에서 전화가 왔다. 벤지가 그곳에 있으니 데려가라는 것이다. 벤지가 혼자 거리를 돌아다니는 것을 본 어떤 사람이 동네 병원에 데리고 가면 주인을 찾을 수 있을 거로 생각하고 그곳에 데려다 놓은 것이다.

영국의 아름다운 관광지 호수지방에 있는 케스윅(KESWICK)이라는 곳을 여행할 때의 일이다. 우리 가족이 처음으로 벤지를 데리고 가는 장거리 여행이었다. 타운센터에는 주말이라고 마켓이 열렸다. 날씨도 화창한 토요일이라 많은 사람들이 밖으로 나왔다. 그 동네 사람들도 강아지들도 다 나온 것 같았다. 온갖 개들이 사람과 뒤섞여서 차 없는 거리에 펼쳐진 각종 판매 스톨 사이를 오가고 있었다. 그런데 신기하게도 그렇게 많은 강아지가 나와서 다니는데도 어느 강아지 하나 짖는 소리가 없다. 그날 케스윅 장터에 문제 강아지는 우리 벤지 하나인 것 같았다. 아직 어리기도 하지만 온갖 종류의 강아지와 생애 처음으로 마주친 벤지는 막무가내로 다른 강아지를 쫓아가거나 엉덩이를 핥는 애정행각을 벌였다. 그 바람에 놀란 강아지들이 짖어대고 으르렁거렸다. 몸무게가 고작 5키로밖에 안 되는 작은 강아지 벤지는 새로운 세상에 흥분해서 우리 가족을 이리로 저리로 끌고 다녔다. 마켓 안에 있던 사람들과 강아지들의 눈총이 따갑게 느껴졌다.

두 아들 다 대학에 보내고 나는 이제부터 정말 조용하게, 우아하게 삶을 즐길 수 있을 줄 알았다. 그러나 벤지가 온 이후로 우리 삶은 고난의 행군이었다. 그렇게 전쟁 같은 2년이 지나갔다.

이제 우리 벤지는 똥도 먹지 않고 가출도 하지 않는다. 이것저것 주워 먹는 습관은 있지만 그래도 입으로 '스-읍' 바람 소리를 내어 경고하면, 눈치껏 툭- 하고 뱉어낼 줄도 안다. 이제 슈퍼 앞에 줄을 묶어 두면 주인이 나올 때까지 기다릴 줄도 안다. 공을 던지면 가져오고 'Hand' 하면 손을 주고 'Sit' 하면 앉는다. 'Down' 하면 엎드리고 'I look pretty' 하면 자기 코를 동그랗게 오므린 내 손가락 안에 가져다 댄다. 'Come' 하면 오고 'out' 하면 나간다. 밥을 주고 'Wait' 하면 기다리고 'Dig in' 하면 먹는다. 그리고 신통하게 한국말로 '이리 와', '가자', '안 돼' 해도 다 알아듣는다. 2개 국어를 하는 개를 본 적이 있는가….

이제 우리 벤지는 아침에 일어나면 마당에 나가서 쉬를 하고 아침밥을 먹고 나면 남편과 동네 한 바퀴를 돌며 응가를 하고 들어온다. 주말에는 동네 공원에 가서 목줄을 풀고 마음껏 달린다. 그곳은 시츄, 슈나이저, 리트리버, 져먼 셰퍼드, 잭 러셀, 스페니엘, 푸들, 웰시코기 등등 전 세계 나라에서 온 견종들의 Melting pot이다. 벤지는 자기보다 큰 개가 오면 무서운 줄도 알고 피할 줄도 안다. 토요일 오후 벤지를 동네 펍에 데리고 가면 주인 옆에 다소곳이 앉아 있기도 한다. 소시지 하나면 되는 일이었다.

이제 우리 벤지는 세나개(세상에 나쁜 개는 없다)에 나오는 문제견처럼 솔루션을 받고 개과천선한 착한 개가 되었다. 개에 대해 아무것도 모르던 '개알못' 우리 가족은 이제는 개를 좀 아는 가족이 되었다.

영국에 살면서 영국의 강아지들을 보면서 늘 신기하고 궁금했던 게 한 가지 있었다. 우리 벤지와는 다르게, 내가 만난 다른 집 강아지들, 아니 영국의 강아지들은 모두다 너무나 얌전하고 짖지도 않고, 주인 말만 듣고, 주인 옆에서 주인만 쳐다보고, 다른 사람이나 다른 개들한테는 눈길도 안 주는 주인바라기인 것이다. 그래서 한국 사람들끼리는 종종 '이 나라는 개도 얌전하다'는 얘기를 하곤 했다. 나중에 알게 된 사실이지만 이게 다 이유가 있었던 것 같다. 영국에는 동네마다 Puppy Class가 있어서 견주들이 강아지를 데리고 가서 주말마다 훈련을 시킨다는 것이다. 그제야 나도 부랴부랴 찾아보니 정말로 우리 집과 가까운 곳에 그것도 저렴한 가격에 강아지와 주인이 함께 훈련을 받을 수 있는 곳이 있었다.

'그랬구나. 너희는 다 이유가 있었구나…. 역시 배운 애들이라 뭐가 달라도 달랐구나. 진작에 알았더라면 이 전쟁 같은 시간이 조금은 줄어들지 않았을까…. 어쩌랴…. 지난 일인걸!'

익스큐즈가 많은 나라

　영국에서 대학원에 다닐 때의 일이다. 내가 다녔던 학교는 런던에서는 자동차로 1시간 남짓, 기차로는 두 시간 넘게 걸리는 런던 밖에 있었다. 자동차로는 비교적 쉬운 거리이지만 운전이 미숙한 나는 기차를 타고 다녔다. 밤사이 눈이 좀 많이 내린 어느 날이었다. 그날도 나는 문자 그대로 비장한 각오로 대장정의 길을 나섰다. 집이 있던 런던의 5존 지역 노스하로우역에서 튜브를 타고 런던 시내인 1존의 킹스크로스역에 내려서, 다시 기차를 타고, 베드포드역에 내려서, 다시 대학으로 가는 셔틀버스를 타고 마침내 강의실 문을 열었다. 춥고 기나긴 여행의 도착지에서 나는 발그레해진 얼굴로 승리의 웃음을 지으며 강의실 안으로 들어갔다.

　그런데 뜻밖에도 깜짝 놀라서 얼음처럼 굳어 있는 여러 얼굴들이 내 눈에 들어왔다. 교수님도 동료 학생들도 귀신이라도 본 것 같은 표정이었다. 내가 런던에서 통학하고 있는 걸 알았던 교수님이나 친구들은 당연히 내가 오늘은 못 올 줄 알았던 모양

생각이 깊어지는 곳

이었다.

도대체 어떻게 왔냐는 것이다. 나는 그냥 아무렇지도 않게 그냥 기차를 타고 왔다고 말했다. 기차가 운행을 하냐는 것이다. 나는 기차가 운행을 하더라고 말했다. 그리고 3시간여의 강의를 마치고 가려고 강의실을 나서는데, 교수님이 나를 붙잡으셨다. 자기가 역까지 태워다 주겠다는 것이다. 그렇게 교수님은 나를 기차역에 데려다주었다. 차에서 내리는데 말씀하시기를 자기는 역 밖에서 10분간 기다리고 있을 테니 혹시 기차가 다니지 않으면 다시 나오라고 했다. 기차가 운행하지 않으면 오늘은 그냥 교수님 집에서 자고 가라는 말씀이었다.

한국과는 다르게 눈이 오면 기차는 물론 지하철도 멈춰 버리는 영국의 현실을 당시에는 잘 몰랐다. 다행히 그날은 기차가 운행 중이었고 나는 교수님께 폐를 끼치지 않아도 되었지만 그때 그 놀라워하던 친구들과 교수님의 얼굴을 지금까지도 잊을 수가 없다. 다시 생각해도 사려 깊으셨던 따뜻한 클레어 교수님의 배려에 감사를 느낀다.

얼마 전에 영국에 놀러 오신 남편의 형님네 가족은 한여름 더위에 에딘버러 기차를 타고 여행을 갔다가 낭패를 당하셨다. 한국에서는 흔한 더위였지만 영국에서는 무척 더웠던 그날, 영국

곳곳의 기차선로에 문제가 생겼다. 그로 인해 남쪽 방향으로 내려오는 많은 기차들이 취소되었다. 노팅엄으로 돌아오는 다음 기차는 다음 날 12시간 이후에야 가능할 수도 있다는 안내방송이 나왔다고 한다. 날씨가 좀 덥다고 기차가 취소된다. 눈이 좀 온다고 기차가 취소되어 버린다. 나에게는 이제는 익숙해진 일이지만, 지금 막 영국에 온 사람들은 이런 이유로 취소되는 상황을 이해하기 어렵다.

눈 오는 날의 또 재미난 이야기가 한 가지 더 있다. 아이들이 초등학교에 다니던 첫해 겨울이었던 것 같다. 아침에 일어나서 창밖을 보니 눈이 많이 내렸다. 그렇다고 눈이 무릎 높이까지 온 것도 아니다. 내 눈에는 그냥 조금 내린 정도였다. 분주하게 아이들 아침을 먹이고 모자와 목도리와 장갑을 챙겨 여느 때보다 더 꽁꽁 싸매서 학교에 데리고 갔다. 그랬는데… 이게 웬일인가…. 학교 문이 닫혀 있었다. 이리저리 둘러봐도 아무도 보이지 않았다. 학교가 조용했다. 우리가 너무 늦게 왔나 하고 시간을 보니 그렇지도 않았다. 아직 한참 여유가 있었다. 너무 황당해서 아이들을 데리고 다시 집에 돌아오자마자 같은 학교에 아이를 보내는 한 지인에게 전화를 했다. '이게 무슨 일이냐. 학교가 문을 닫았다.'고 말하니 그 지인이 자기는 그냥 눈이 오길

래 안 가는 날이려니 하고 안 보냈다고 당연한 듯이 얘기를 한다. 기가 막혀 전화를 끊고 핸드폰을 보니

'School will be closed today due to the adverse weather conditions and snow fall overnight.'

(악천후와 밤사이 내린 눈으로 오늘 학교는 쉽니다.)

라는 메시지가 와 있었다.

그날 이후론 눈이 오는 날이면 나도 아이들도 의례히 학교에 안 가는 날로 알았다. 아이들에게는 아침에 눈이 많이 오는 날은 행복한 날이었다. 학교도 땡땡이치고 하루 종일 뒷마당에서 눈사람도 만들고 눈싸움도 하며 놀았으니 얼마나 좋았을까.

나에게는 아니 우리 한국인들에게는 당연한 일이 영국에서는 핑곗거리가 된다. 한국 사회에서 눈이 온다고, 비가 온다고 회사를 못 간다는 것이 납득이 될까?

우리의 상식으로는, "학교는 그냥 가는 거다. 회사도 무조건 가는 거다. 모진 비바람을 뚫고라도 말이다. 한국인은 그렇단 말이다!"

한국인이 이해할 수 없는 익스큐즈(Excuse: 핑계)가 용납되는 건 비단 눈과 더위 같은 기후 문제만이 아니다.

7, 8월 휴가 기간엔 모든 업무가 완전히 정지되는 일이 흔하다. 부동산 매매가 진행 중인가. 변호사에게 진행 상황이 어떻게 되냐고 메일을 보낸다. 담당자가 휴가 중이라는 메시지가 돌아온다. 불평 마라. 통하지 않는다. 담당자가 휴가 중이기 때문이다.

　불평하지 말자. 나에게도 반대로 통하는 얘기이기 때문이다. 혹 아침에 일어나니 간밤에 폭설이 내렸는가? 출근이 걱정이라면, 걱정하지 마시라, 아마도 전철이 멈출 것이다. 출퇴근 도로가 막힐 것이다. 회사에서는 기대도 안 할 것이다. 오늘은 전화 한 통화로 출근을 안 해도 될 것이다.

라이도 파크의 추억

우리 가족이 좋아하는 영국 음식 중에 카버리라는 음식이 있다. 아이들이 어렸을 때 주말이면 라이슬립의 라이도 파크(Lido park)에 자주 가곤 했는데 그곳에는 워터스엣지(The Water's Edge)라는 카버리 식당이 있었다. 이름 그대로 호수 바로 앞에 있어서 전망이 그림처럼 아름답고 평화로운 곳이다

카버리(Carvery)라는 게 사실 요리라고 딱히 말할 것도 없는 음식이다. 오븐에 고기를 덩어리째 넣고 그냥 몇 시간 동안 구워서 푹 익힌 야채와 감자, 요크셔푸딩을 곁들여 먹는 단순한 음식이다. 보통은 고기 종류로는 칠면조, 소고기, 돼지고기 세 가지가 나온다. 이 중에서 고기를 두 가지 고르면 요리사가 얇게 카빙(carving) 해서 접시에 놔준다. (그래서 이 요리를 carvery라고 하는 것 같다.) 나머지 야채들은 뷔페처럼 각자 취향껏 양껏 자기가 알아서 접시에 담아서 먹으면 된다. 그레이비소스를 국자로 듬뿍 퍼서 밥그릇처럼 커다랗게 부풀어 오른 요크셔푸딩 위에 넘치도록 부어 먹으면 쫀득한 그 맛이 일품이다. 접시 가득

넘친 소스와 고기, 달콤한 크렌베리 소스와 민트 소스, 눈물이 날 만큼 코끝이 매워지는 머스타드 소스와 그에 못지않게 매운 호스 레디쉬 소스와 함께 먹으면 더욱 감칠맛이 나는 음식이다.

우리 가족은 카버리 식당에 가는 날이면 가능한 한 호수가 보이는 창 옆에 앉았다. 위로는 파아란 하늘 그 아래 건너편 백사장 그 아래 하늘과 백사장이 미러링 된 잔잔한 호수 그리고 백조들, 오리들, 이름 모르는 새들이 노니는 넓은 잔디밭이 식탁 옆 창문으로 한눈에 들어오기 때문이다. 저렴한 한 그릇 값으로 백만 불 경관을 즐기며 도란도란 얘기하면서 아빠도 엄마도 아이들도 다 같이 배가 터지도록 먹었다. 평소에 잘 안 먹던 야채를 한가득 먹을 수 있어서 더 건강해지는 기분이 드는 음식이었다.

날씨가 좋은 날에는 식당 밖에 있는 피크닉 테이블에 앉아서 시원한 음료수와 함께 음식을 먹었는데 그럴 때면 백조들이 우리 주변으로 하나둘 몰려들었다. 이럴 때 백조에게 잘못해서 음식을 주게 되면 백조 가족을 비롯한 일가친척, 친구들이 떼로 몰려들 수 있으니 조심해야 한다.

식사 후에는 두둥둥 부른 배를 두드리며 식당을 나와 호수 건너편 백사장으로 아기작아기작 걸어간다. 그곳에 있는 카페에서 우리 부부는 차 한 잔을 마시며 도란도란 얘기를 하고, 아이들은 해 질 녘까지 모래놀이를 하다가 집에 돌아오면 그날은 온전히 '아이들의 날'같이 느껴지곤 했다.

　때로는 카버리 식당 바로 왼편에 있는 작은 기차역에 가서 미니 증기기관차를 타고 건너편 백사장으로 가기도 했다. 기관사도 쪼그리고 앉아서 운행을 해야 할 만큼 아주아주 작은 기차인데 크기는 작아도 실제로 증기를 뿜으며 가는 진짜 증기기관차다. 두 명씩 마주 보고 쪼그리고 앉을 수 있어 4인 가족이 타면 오붓하니 좋다.

　언젠가 남편과 함께 영국의 로스쿨에 다녔던 한국 변호사 친구 가족이 주말에 우리 집에 놀러 와서, 우리 가족과 함께 미니 기차를 탔을 때였다. 기차가 '투우-툿' 소리를 내며 출발하자 어른이나 아이 할 것 없이 얼굴에 미소가 환하게 번졌다. 이 작은 기차를 타고 어디론가 멀리 여행을 떠나는 것 같아 가슴이 두근두근 설렜다. 덜커덩덜커덩 칙칙폭폭 기차 소리와 함께 바람에 머리카락이 흩날리고 싱그러운 공기가 코끝으로 들어왔다. 기찻길에서 멀지 않은, 숲길을 걸어가던 사람들이 가던 길을 멈추고 손을 흔들었다. 기차에 탄 가족들도 손을 흔들어 주었다. 기차는 길게 뻗은 나무가 빼곡한 그 숲을 한참 통과하다가 또 '툿투우 투투우' 경적소리를 냈다. 그 순간 나도 모르게 흥분된 기분에 고개를 돌려 친구, 가족 얼굴들을 쳐다보았던 것 같다. 딱

딱한 법조문만 읽고 엄숙하기만 할 것 같은 K 변호사의 얼굴이 눈에 들어왔다. 그는 바람에 머리카락이 사방으로 흐트러져 어린아이처럼 천진난만하게 함박웃음을 짓고 있었다. 늘 긴장 속에서 살아오던 그가 무장 해제된 순간이었다. 아이처럼 웃음이 만개한, 행복이 가득한 그 얼굴을 지금도 잊을 수가 없다.

이렇게 어른도 동심으로 돌아가는 미니 기차를 타고 2.5마일 가량 되는 숲을 통과해서 건너편 종착역에 내리면 한쪽에는 물놀이를 할 수 있는 스플래쉬 공간이 있고, 다른 한쪽에는 다양한 놀이기구가 있는 백사장이 있다. 아이들은 역에서 내리자마자 곧바로 백사장으로 달려갔다. 우리 아이들은 정말정말 모래놀이를 좋아했었다. 어디를 가든 모래만 보면 달려가서 모래성을 만들었다. 하루 종일 지치지 않고 만들었다. 특히 라이도 파크의 백사장에 있는 도르래가 달린 놀이기구를 좋아했는데 마치 우물가에서 물을 긷는 두레박 원리와 같은 놀이기구였다. 한 살 터울의 형아가 몇 계단 단차가 있는 곳에 올라서서 도르래를 이용해 두레박을 백사장에 내려 보낸다. 그러면 아래에 있던 한 녀석이 두레박에 모래를 가득 담는다. 위에 있던 다른 한 녀석이 줄을 당겨서 모래를 퍼 올리고 다시 두레박을 내려 보내기를 무한 반복했다.

"혀엉, 다 담았어?"

"응, 됐어. 올려!"

"허엉! 내려간다!"

"오케이!!"

연년생 형제 둘이 협력해서 놀기에 딱 좋은 놀이였다.

그렇게 시간이 가는 줄 모르고 놀다가 어둑어둑해질 무렵 엄마, 아빠가 "이제 집에 가자." 하면, 아이들은 그제야 놀아 보지 못한 놀이기구들이 아쉬워서 발을 동동 굴렀다. 빙글빙글 돌아가는 기구, 외나무다리 건너가기, 그물로 된 클라이밍 놀이기구를 한 번씩이라도 맛보려고 정신이 없었다. 우리는 아이들을 한참을 기다리다 안 되겠다 싶어 "엄마 아빠 이제 진짜 간다아." 하면서 아이들을 돌아보고 외쳤다. 그리고 느린 걸음으로 아이들을 기다려 주면서 주차장 쪽으로 걸어가곤 했다. 그러면 아이들은 엄마 아빠가 저기 저 멀리 보이기는 하지만 놓치지는 않을 만큼의 거리가 될 때까지, 자기들이 할 수 있는 한 최대한 많은 놀이기구를 한 번씩이라도 타고서야 마지못해 달려왔다.

지금도 선명하게 떠오른다. 아이들이 최선을 다해 양껏 놀던 그 시간, 라이도 파크! 지극히 사적이지만 지극히 영국적인 시간을 보냈던 곳! 그래서 한국에서 손님만 오시면 알려 주고 싶어 모시고 갔던 곳이기도 하지만 사실은 우리 가족의 진한 추억이 있는 곳이기도 하다.

레이스 커튼 뒤의 영국인

아이들이 하로우의 초등학교에 다닐 때 이야기다. 학교가 끝날 무렵 아이들을 픽업하러 갈 때면 길게 늘어선 조용한 주택가를 지나가야 한다. 작은 도로를 가운데 두고 한쪽 벽을 옆집과 공유하는 형태의 세미 디테치드(Semi Detached) 하우스(House, 주택)들이 양편에 마주 보고 있다. 지붕 위의 굴뚝이 말해 주듯이 기본적으로 백 년 이상 된 벽돌집들이다. 영국의 주소 제도가 다 그렇듯이 한편은 홀수, 다른 한편은 짝수 주소의 집들이다.

나는 이 길고 조용한 길을 지날 때면 창문마다 걸려 있는 레이스 커튼 뒤의 모습들이 무척이나 궁금해졌다. 당시에도, 지금도 한국 사람들은 창 밖 풍경을 가리는 것을 싫어하기도 하거니와 치렁치렁한 레이스 커튼이 답답한 느낌도 들어서 커튼 외에 추가로 레이스 커튼을 설치하는 일은 거의 없다. 하지만 나이가 좀 지긋하신 영국인들의 집에는 어김없이 레이스 커튼이 걸려 있었다. 난 그 길을 지나갈 때면 무심한 척 걸어가면서도 혹 무언가 볼 수 있지 않을까 커튼 뒤를 응시하곤 하였다. 이렇게 나란히 있는 집들이 일제히 비슷한 커튼을 치고 있는 것은 좀 기이한 기분을 들게 했다. 일전에 누군가에게서 들은 소리가 있어 그런 것 같기도 했다. 영국인들은 레이스 커튼 뒤에서 바깥에서 일어나는 일을 다 지켜보고 있다가 무슨 일이 생기면 신고한다는 것이다. 그래서 그런지 그 길을 걸을 때면 어디선가 숨죽이며 지켜보는 사람이 있을 것만 같았다.

이 레이스 커튼이 참 신기한 것이 안에서는 바깥이 잘 보이지만 밖에서는 안을 좀처럼 들여다보기가 어렵다는 것이다. 19세기부터 사용하였다 하니 그 당시로는 창문이 있는 거실의 프라이버시를 제공하는 데 이만한 것이 없었으리라.

우리 집도 오래된 구식 집으로 레이스 커튼이 방마다 치렁치렁 걸려 있었다. 나는 특히 벽난로가 있는 거실의 창문 아래 소파에 앉아서 레이스 커튼 바깥 풍경을 마음껏 바라보곤 하였다. 사람 구경하기 딱 좋은 자리였다. 아마도 종일 앉아서 구경하여도 지루하지는 않았을 것이다. 최근에는 영국도 이 칙칙한 레이스 커튼을 걷어 버리고 모던한 블라인드나 셔터를 다는 추세이다. 옛 정취가 사라지는 것 같아 한편으로는 아쉽기도 하고, 한편 여간해서는 바꾸지 않는 습관을 가진 영국인도 어쩔 수 없이 변하기는 하는구나 하는 생각에 씁쓸한 웃음이 나온다.

　아머샴으로 이사 와서 어느 날이었다. 작은 아들을 태우고 운전하고 어딘가를 가고 있었다. 그러다 인적이 드문 주택가로 들어갔는데, 맞은편에서 차가 오는 것을 보고 길을 양보해 주려다 그만 도로 옆에 주차된 차를 드르륵 긁고 말았다. 너무 놀라서 급하게 자동차에 내려서 살펴보니 내 차는 멀쩡한데 주차된 차의 옆면에는 선명한 긴 줄이 가 있었다. 차에 대해서는 문외한인 내가 보기에도 고급스러워 보이는 메르세데스 벤츠 스포츠카였다. 본능적으로 주변을 돌아보았다. 다행인지 아무도 없었다. 아주 잠깐 도망갈까도 생각하였다. 그런데 뒷좌석에 타고 있던 어린 아들이 "엄마! 차 주인이 없으니 우리 전화번호를 쪽지에 적어서 자동차 앞 유리에 끼워 놓아요."라고 말한다. 나는 얼떨떨해서 곁에 있는 아들에게 "어, 알았어." 하면서 차에 손상을 입혀 미안하다는 말과 함께 내 휴대전화 번호를 적은 쪽지를 남겼다. 물론 당연히 해야 되는 일이기는 하지만, 내가 적극적으로 그럴 수 있었던 것은 무엇보다도 아이가 보고 있었기 때문이었다. 그리고 한편, 레이스 커튼! 바로 그 뒤에서, 비록 인적이 드문 길이라 하여도, 누군가 날 보고 있을 수 있다는 생각도 무시할 수 없는 한 부분이었다.

집으로 돌아와서 구글에 검색해 보니 그런 차는 앞 범퍼 하나만 고쳐도 한국 돈으로 수백만 원이 나온다고 하였다. 이민 초기 빠듯한 살림에 어처구니없이 큰돈이 나갈 것을 생각하니 걱정이 앞섰다. 하루, 이틀, 사흘이 지나도 차 주인으로부터 연락이 오지 않았다. 차주가 그냥 넘어가려나 보다 하고 마음을 놓으려던 찰나에 모르는 번호로부터 전화가 한 통 왔다. 바로 그 럭셔리한 자동차의 주인이었다. 내용인즉슨 이렇게 정직하게 번호를 남겨줘서 너무나 고맙다고! 요즘 같은 세상에 이런 일은 일어날 것 같지 않다고! 내가 이 차를 동네 게라지(Garage)에 가져가서 견적을 받고 너한테 청구서를 보낼 거라는 얘기였다. 얼마나 나올 것 같으냐고 물으니 알다시피 이런 차는 내 인생에 한번타 볼까 말까 하는 워낙 고급 자동차가 아니냐. 그러니 자신도 얼마가 나올지는 감이 오지 않는단다. 전화를 끊고 며칠을 마음을 졸이며 기다렸다. 그리고 마침내 차주가 보내온 청구서는 다행히 내 예상보다 훨씬 저렴한 비용이었다. 나는 놀란 가슴을 쓸어내렸지만 아직까지도 기억에 남는 잊지 못할 사건이다.

다시 그날을 돌아보면 혹 아들이 내 옆에 없었다고 해도 아마도 극도의 초초 유리 멘탈, 약심장인 나는 번호를 남겼을 것 같기는 하다. 조용하기만 한 그 길 위의 여러 집들 어딘가 레이스 커튼 뒤에서 나를 보고 있을 사람들이 있을지 누가 알겠는가.

영국의 주택가를 거닐 때는 조심해야 한다. 만일 무슨 일이 생기면 어디선가 커튼 뒤에서 지켜보던 누군가가 조용히 다이얼을 돌릴 수 있기 때문이다.

여기는 영국인가? 인도인가?

우리 가족이 처음 영국에 정착한 곳은 런던의 북쪽에 있는 노스 하로우라는 지역이다. 원래는 중산층의 백인들이 많이 살던 곳이었는데, 어느 순간 인도계 사람들이 하나둘 모여들더니 최근에는 인도계 사람들이 완전 점령해? 버린 구(Borough) 중의 하나라고 보면 되겠다. 초기에 영국에 이주한 인도계 이민자들은 오래전 영국에 의해 아프리카로 이주하여 살던 사람들이 대부분이다. 2차 세계 대전 후 아프리카 국가들의 독립으로 원주민과 인도인들의 분쟁 속에 영국 정부의 도의적 차원의 이민 허용이 이루어져서 대거 영국으로 이주하게 된 것이다. 그 1세대가 고생을 하여 2세대 3세대를 키우고 이제는 완전히 정착해 인도 사람은 영국에서는 무시 못 할 세력이 되었다.

이곳에 와서 인도계 사람들과 같이 살며 느낀 점이 있는데 인도계 부모의 교육열은 한국 엄마가 보기에도 상상을 초월한다는 것이다. 영국에서는 보기 드문 한국의 입시학원 같은 인도계 학원들이 내가 살던 하로우에는 여러 곳이 있었다. 그곳에서 수학을 가르쳤던 한 한국 학생에게서 한 인도계 아버지가 자기 자식의 시험을 앞두고 주말 동안 학원 전체를 통째로 빌렸다는 얘기를 들은 적이 있다. 이러한 극성스러운 교육열 탓인지 인도인들은 주로 변호사, 의사, 약사, 회계사 같은 전문직에 많이 진출해 있다.

영국의 79대 총리가 된 리쉬 수낙(Rishi Sunak)도 그런 인도계 이민자의 모범적인 예라 할 수 있다. 그의 부모 역시 아프리카에서 살다 영국에 온 이민세대로 아버지는 의사, 어머니는 약사였다. 1세대 부모님의 고생스러운 삶 속에서도 자식에 대한 전폭적 지지가 있었음은 짐작하고도 남는다. 그가 총리가 된 것이 결코 우연은 아닐 것이다.

겉으로 인도인처럼 보인다고 해서 다 인도인은 아니다. 실제로 우리 가족이 하로우에 살 무렵 그곳에는 인도인보다는 스리랑카나 파키스탄에서 온 사람들이 더 많았다. 나로서는 스리랑카인이나 인도인이나 구분이 가지 않으니 그냥 다 인도인(영국에서는 인디언이라고 한다)들이라고 생각을 했던 것 같다. 이들은 대부분은 먼저 영국에 온 인도계 브리티시들에 비하면 가난해서 정부에서 주는 카운슬 하우스에 사는 가족들이 많았다. 하지만 그들 역시 교육열은 높은 편으로 자식 교육에 여느 영국인

보다 더 열심이었다.

　우리 아이들이 처음 등록을 하고 출석한 초등학교는 인도계 아닌 인도 아이들로 바글바글했다. 큰아이 반에는 정원 30명에 오직 5명만이 백인이었다. 그런데 그중에 한 명은 폴란드, 한 명은 러시안이었고 나머지 3명만이 순수 영국인이었다. 사실 그 중 두 명이 쌍둥이다 보니 진짜 화이트 영국인은 딱 두 가족뿐이었다고 볼 수 있겠다. 우리 아이들이 영국인 없는 영국학교에서 공부하게 될 줄은 정말 몰랐다. 돌이켜보면 외국에서 갓 온 어린이를 책임졌던 선생님들의 노고에 머리가 숙여진다. 대다수가 외국인인 클래스를 가르치시는 게 얼마나 힘이 드셨을까. 영어도 어눌한 아이들을 사랑으로 돌보아 주신 미세스 셀과 미스터 헨리 선생님께 지금도 감사한 마음 가득하다.

　아이들 학교 건너편에 우리가 처음 등록한 GP: General Practitioner(한국으로 치면 동네 의원급)가 있었다. 병원에 들어서면 역시나 인도계 접수원이 앉아 있었다. 인도계 접수원의 말도 알아듣기 어렵고, 진료를 해 주었던 인도계 의사의 말은 더더욱 이해하기 힘들었던 것 같다. 나에게는 그 당시 인도 의사의 발음이 '따따 따따'로 들렸다. 내가 미국식 영어 발음에 익숙해서 못 알아듣는 거로만 생각했다. 하지만 나중에 안 사실이지만 영국인들도 GP의 외국인 의사들과 너무 소통이 안 된다고 불평을 한다고 한다.

영국의 국가의료기관인 NHS는 100% 무상의료기관이다. 영국에서는 돈이 없어서 진료를 못 받거나 수술을 못 하는 일은 없다. 실제로 큰아이가 맹장으로 응급실에 가자마자 3명의 각기 다른 전문의인 스페셜리스트로부터 순차적인 진단을 받고 바로 입원하여 수술 받은 적이 있다. 17세 이하 어린이들은 응급실에서조차 진료도 수술도 최우선순위다. 수술과 입원까지 2박 3일간 온 가족이 특실에서 주는 음식을 먹으며 푹 쉬다 온 행복한 기억이 있다. 물론 모든 비용은 공짜였다. 그러고 보니 둘째 아이의 비싼 치아교정 역시 모두 무상으로 NHS로부터 지원받은 고마운 기억이 있다.

하지만 우리처럼 NHS와 관련해 행복한 경우만 있는 것은 아니다. 때로는 안 좋은 소식이 들려오기도 한다. 내가 아는 한 한국인 목사님은 교통사고 후 수술 중 의료 과실로 인하여 하반신마비가 되셨다. 그것이 단순히 의사의 잘못인지 시스템의 문제인지는 잘 모르겠지만, 적절하지 못한 수술이 진행된 것은 확실했다. 하지만 돈을 주고 병원에서 진료나 치료를 받는 것이 아니어서, 사후에 보상 과정도 더 복잡했다. 그냥 불행했다고 하기에는 그 결과가 너무나 컸다. 이제 겨우 초등학교를 입학한 아이가 아버지의 휠체어를 밀기 시작했다.

어느 나라나 마찬가지겠지만 영국에서도 의대에 진학하려면 최고점수를 요구받는다. 병원에서 미리 인턴십을 받아야 하는 것도 필수다. 그렇게 어렵게 공부를 마친 의사들의 대우는 정부의 과도한 재정 부담으로 좋은 편이 아니다. 많은 의대 졸업생이 영국의 낮은 셀러리로 인해서 미국이나 호주로 가기를 희망한다고 한다. 실제로 의대를 다니는 아들의 친구 죠지는 졸업도 하기 전에 미국으로 갈 생각을 하고 있다. 이런 실정으로 영국 병원에 가면 의외로 외국인 의사를 많이 볼 수 있다. 그중에서도 인도계가 그 역사만큼 많이 보이는 것 같다. 개인적으로 영국의 훌륭한 무상 의료제도가 환자들뿐만 아니라 현지의 의료인들에게도 환영받는 방향으로 발전해 나가기를 기원한다.

웨이터님
제발 주문을 받아 주세요!

영국에는 우리나라 사람들이 생각하는 것과 조금은 다른 '갑' 과 '을'의 관계가 있다. 한국 사람들은 아마도 이게 무슨 말이냐 신사의 나라, 에티켓의 나라 영국이 아니던가? 라고 의구심을 가질 것이다. 맞다! 공중화장실에서도 앞서가는 사람이 뒷사람 이 들어오도록 문을 잡아주는 나라가 영국인 것은 맞다.

그럼에도 한국인인 내가 영국에 살면서 경험한 바로는 영국 문화에 아이러니하게도 '갑'과 '을' 관계가 있다는 이야기를 해 보고 싶다.

특히 음식점에 가거나 쇼핑을 할 때처럼, 서비스를 받는 상황 이라면 더욱 그렇다.

음식점에 가 보자. 손님은 우선 안내데스크에서 웨이터가 올 때까지 기다려야 한다. 자리가 비었다고 날름 앉을 수는 없다. 카운터에서 웨이터와 눈을 맞춘다. 그리고 얕은 미소로 "Table for two please(두 사람 자리요)!"라고 얘기하면 웨이터는 빈 테이블을 확인하고 자리를 안내해 준 다음에 메뉴판을 가져다줄 것이다. 이제 손님은 신속하게 마실 음료를 정해야 한다. 주문은 음료수, 메인메뉴 순서로 받기 때문이다. 이게 한국인들에게 왜 생소한가 생각해 봤더니 한국에서는 군이 음료를 따로 주문하는 문화가 없어서 아닌가 싶다. (사실 한국에서는 메인메뉴만 주문하면 물은 그냥 공짜로 가져다주기 때문이다.) 그러나 물 한 잔도 사먹어야 되는 영국에서는 상황이 다르다.

메인 메뉴판만 보고 웨이터가 주문을 받으러 왔을 때 "What would you like to drink?" 하고 의외의 질문을 한다면 그제서야 드링크메뉴를 보면서 허둥대며 주문을 하든지, 아니면 웨이터는 주문할 준비가 안 된 줄 알고 돌아가 버릴 것이다. 이렇게 타이밍을 한번 놓치고 나면 한참 동안 웨이터가 다시 오기만을 기다려야 한다. 그럴 때면 나는 웨이터와 눈을 마주치려고 고개를 쭉 내밀어 관심을 끌려고 여간 노력을 해야 되는 게 아니다. 어릴 적 TV에서 본 다큐멘터리 〈동물의 왕국〉에 나오는 바로 그 차려 자세의 미어캣처럼 말이다.

'나 주문할 준비 다 됐어요.'

웨이터가 움직이는 동선마다 내 시선이 따라다닌다.

'나 좀 봐주세요.'

내가 웨이터를 간절히 기다리는 걸 웨이터는 아는지 모르는지 여기저기 다른 테이블 서빙에 바쁘다. 이럴 때 혹 나보다 늦게 온 사람이 먼저 주문을 받기라도 한다면…. 한국 사람이라면 당연히 불쾌한 표정을 감출 수 없을 것이다.

음료 주문에 성공하고 나면 요번에는 메인 메뉴판을 뚫어지게 봐야 한다. 하… 이 요상한 꼬부랑글씨들의 향연이 그림처럼 있는 메뉴판을 매의 눈으로 구석구석 살펴봐야 한다. 알파벳 필기체에 익숙하지 않은 한국 사람이라면 정말이지 이것이 영어인지 프랑스어인지 이탈리아어인지 뚫어져라 보아야 가늠할 수가 있다. Starter, Main, Dessert, 3개의 섹션만 나와도 아주 쉬운 메뉴판이다. 영국의 흔한 로컬 펍에 가 보면 메뉴판이 얼마나 휘황찬란한지를 알 것이다.

월요일부터 금요일까지만 제공한다는 런치 메뉴, 수요일만 적용되는 Special Price, 일요일만 하는 Sunday roast, 12시까지만 하는 Breakfast 등등…. 정말 복잡한 가격, 복잡한 조합의 향연이다.

메뉴는 또 어떠한가…. 쉬운 예로, English Breakfast를 주문한다고 치자….

English Breakfast는 일반적으로 소시지, 계란, 토마토, 콩, 버섯, 감자, 빵이 한 접시에 나오는 영국의 대표적인 음식이다. 사실, 재료를 굽거나 튀기는 특별한 조리 기술이 필요 없어 요리라고 할 것도 없는 요리이다.

그런데 이 간단한 요리도 한국 사람에게는 주문하기가 여간 까다로운 게 아니다. 주문받으러 온 웨이터는 각각 항목별(?)로 물을 것이기 때문이다.

Fresh tomato(신선한 토마토)를 원하는지 아니면 tin tomato(이미 조리된 통조림 토마토)를 원하는지….

Baked Bean을 원하는지 아니면 garden pea를 원하는지….

Scrambled냐 Fried egg냐….

Brown Bread냐 White냐….

Marmalade jam이냐 아니면 Strawberry jam이냐….

이쯤 되면 그냥 아무거나 가져다주란 말을 하고 싶어질 것이다. 그런데 이렇게 주문을 마쳤다고 해서 아직 긴장을 풀지 마시라. 이들의 부담스럽기도 하고 위압적이기도 한 배려(!)는 이걸로 끝이 아니다. 요리된 음식을 가져다주면서 또 물을 것이다.

무슨 소스가 필요하냐고….

나는 이 소스를 물어보는 게 참 우스운 게…. 소스랄 것이 사실 별것이 아니기 때문이다. 브라운소스나 케첩, 아니면 마요네즈를 말하는 거다. 드디어 음식이 나오고 식사시간이다. 끝날 때까지 끝난 게 아니다. 식사 중간에 아마도 적어도 한 번은 웨이터가 와서 눈을 맞추며 얘기할 것이다. "Is everything okay?" 그러면 나는 "Yes, yes, everything is fine." 고개를 끄덕이며 문제없다는 듯이 한국식 영어로 말하곤 하였다. 한 친구와 우스갯소리로 이 질문에 관해서 얘기한 적이 있다. "Is everything okay?" 하고 물을 때 "Okay."라고 하면 아직 한국인이고 "Lovely."라고 하면 이제 영국인이 다 되었다는 의미란다.

식사를 마치고 나면 저 멀리서 지켜보던 웨이터가 내 접시를 치우러 올 타이밍이다. 웨이터가 "Finished?" 하고 물어본다. 그러면 "Finished."라고 말하자…. 그리고 방심하지 말자. 이 순간을 절대로 놓치면 안 된다. 이 접시를 치우는 타이밍에 맞춰서 계산서를 달라고 바로 얘기를 해야 한다. 그렇지 않으면 언제 올지 모를 웨이터를 또 하염없이 또 기다려야 할 것이다.

생각해 보면, 영국의 식당에서의 음식을 주문하는 방식은 고객 개개인의 입맛을 최대한 맞춰 주려는 참으로 친절한 주문법이다. 우리 정서로는 아주 부담스러운 주문법이다. 나는 이러한 친절하고 정교한 주문 가운데 좋은 점 두 가지를 발견하였다.

첫 번째는, 손님이 기다리면 웨이터가 온다는 것이고 두 번째는, 그 기다림 끝에 받는 주문은 손님의 니즈(요구)에 최대한 맞춰져 있다는 것이다. 손님이 개별적으로 원하는 건 다 대령할 기세다.

생각이 깊어지는 곳

한국처럼 음식점에 들어가서 자리에 앉자마자 "설렁탕이요." 하면 설렁탕을 바로 딱! 하고 가져다주고, 식사 후에는 바로 계산하고 나가는 신속한 과정이 영국의 식당에는 없다. (물론 요즘 영국의 패스트푸드점은 키오스크에서 주문하니 이런 모든 과정은 생략된다.)

영국에서는 손님과 음식점에서 일하는 사람들의 관계 즉, 판매자와 소비자가 서로 동등한 관계로 서비스를 팔고 산다고 해야 할까? 우리네 식당에 가면 '저기요.', '여기요.', '사장님.', '이모님.' 본인이 필요할 때마다 주인을 부르거나 아니며 테이블 옆에 버튼을 눌러대지 않던가…. 주인은 손님의 필요를 바로 대령해야 하지 않던가. 그런데 영국에서는 웬일인지 웨이터가 올 때까지 손님은 얌전히, 공손히, 다소곳이 기다려 준다. 성질 급한 한국 사람 입장에서 얼마나 답답할지 상상해 보시라. 아마 영국에서 한국처럼 '여기요.' 큰 소리로 웨이터를 부르는 사람이 있다면 음식점에 있는 모든 사람들이 눈살을 찌푸리며 쳐다볼 것이다.

장자끄 루소가 '영국인은 유순하면서도 소심하다.'고 하였는데 웨이터의 처분만을 기다리는 순한 양 같은 영국인들을 바라볼 때면 루소의 그 관찰이 정말 예리했다는 생각이 든다. 나는 음식점에서 이런 다소곳한 영국인들의 태도를 보거나 혹은 슈퍼마켓에서 불평 없이 계산원의 느린 속도를 참아주는 영국인들의 태도를 보면 한편 측은해 보이기도 하고 다른 한편은 존경스럽기까지 하다. 영국인들의 이러한 문화가 소비자의 권리를 강조한 나머지 '손님은 왕이다.'라는 지나친 접대 문화에 익숙하기만 한 나 같은 한국인에게는 달갑지만은 않은 게 사실이다. 하지만 판매자와 고객의 동등한 관계에서 본다면 영국의 이러한 문화가 더 건강해 보인다. 우리는 누구나 판매자임과 동시에 소비자로 살아가기 때문이다. 그것이 물건을 파는 것이든 노동을 파는 것이든 말이다.

영국의 식당에서 일하는 사람들은 고객으로부터 그들이 본연의 역할에 충실하도록 기다림이라는 존중을 받는다. 이것이 때론 내가 영국에서는 파는 사람이 '갑', 사는 사람이 '을'이라고 생각하는 이유이다.

노팅엄에 온 뱅크시

　노팅엄이 들썩였다. 남편의 사무실에서 걸어서 5분도 안 되는 거리에 위치한 한 미용실 외관 벽에 뱅크시가 밤사이에 그림을 그려 놓았다는 것이다. 잠깐 동안 이 그림이 뱅크시의 작품이냐 아니냐? 진위에 논란이 일기도 했지만, 뱅크시가 인스타그램에 자기 작품임을 인증하는 사진을 올리면서 진위여부는 일단락되었다.

　뱅크시가 누구인가? 위키피디아에 의하면, 뱅크시는 정체가 잘 알려지지 않은 영국의 거리 예술가이자 영화감독이며 정치운동가이다. 그의 초기 작품들이 브리스톨에서 많이 발견되었으므로 브리스톨 출신이며 백인 40대 남성일 것이라고만 추측할 뿐 누구도 그를 본 사람은 없다. 그는 1990년대부터 활동하였으며 풍자적인 요소를 담은 독특한 스텐실 기법의 그라피티로 유명하며 그의 정치성, 사회성을 띠는 작품들은 전 세계의 거리, 벽, 다리 등에 종종 등장하고 있다.

사실 내가 뱅크시를 알게 된 계기가 좀 충격적이다. 2018년 9월 소더비 경매에서 자신의 작품 〈Girl with Balloon〉을 스스로 파쇄하는 충격적인 장면을 TV로 보고 알게 되었던 것이다. 그는 수년 전에 미리 문제가 되는 Girl with Balloon의 그림 뒤에 자동 파쇄 장치를 장착해 놓았다. 그리고 드디어 소더비에서 낙찰되어 경매봉을 두드리는 그 순간 군중 속에서 숨어 있던 뱅크시는 리모컨 버튼을 눌러 버리고 유유히 사라져 버렸던 것이다.

불행 중 다행인지 그림은 기계작동의 오류로 인해서 반쯤만 파쇄되었고, 남은 작품은 그 모습 그대로 새로운 이름 'Love is in the Bin'으로 재탄생되었다. 그리고 3년 후 원래 가격보다 20배나 오른 값으로 소더비에서 다시 팔리게 되었다. 상업 미술시장을 비꼬면서 자행했던 전무후무한 뱅크시의 이 테러가 도리어 독특한 행위예술로 받아들여졌으니 아이러니가 아닐 수 없다.

이토록 악명 높은 유명세로 전 세계에서 가장 화젯거리인 아티스트가 되어 버린 뱅크시가 노팅엄 어딘가에 그림을 그려 놓았다는 것은 노팅엄 사람들에게는 대단히 재미나고 흥분되는 일이었다.

영국은 코로나 여파로 여러 번의 봉쇄 조치가 있었고 이제 겨우 규제들이 풀리고 있었지만, 당시 노팅엄이 영국에서도 가장 많은 확진자가 나오는 지역으로 발표되면서 노팅엄 사람들은 우울한 시간을 보내고 있을 때였다.

노팅엄 시티 중심부에서 떨어진 후미진 한 거리, Rothesay Avenue 미용실 앞에는 기둥(사인 포스트로 보임)이 하나 있었다. 뱅크시는 그 기둥에 타이어 하나가 사라진 자전거를 체인으로 걸어놓고, 그 옆의 빨간 벽돌 벽에는 우습게도 자전거 타이어로 훌라후프를 하고 있는 어린 소녀를 그려놓았다. 그림과 설치미술의 컬래버레이션이 아주 재미나고 기발한 작품이었다.

어떤 사람들은 이 작품이 과거에, 노팅엄에 있던 유명한 자전거 회사 '롤리'에서 영감을 받았다고 추측하기도 했다. 그렇다면 매우 사려 깊은 작품으로 노팅엄 사람들에게는 더욱 의미 있는 작품으로 여겨질 것은 분명해 보였다.

노팅엄 시의회는 이 작품이 뱅크시의 것으로 확인되자마자 그 위에 플라스틱 투시 스크린을 설치해 보호하였다.

시민들의 반응도 재미있었다. 미술품 옆에서 미용실을 운영하는 헤어드레서는 "불행하게도 저는 부동산을 소유하지 않고, 임대를 하고 있을 뿐이에요. 많은 사람이 벽화에 관해 묻기 위해 저의 미용실에 들어오고 있지만, 그것이 제 미용실 영업에 긍정적일지 아직 확신할 순 없네요."라고 말했다.

미용실 반대편에 있는 우체국의 주인은 이렇게 말했다.

"왜 그가 내 벽을 선택하지 않았는지 모르겠어요. 내 벽은 더 건조하고 깨끗하거든요."

매일매일 확진자 수를 세고 코로나 사태가 끝나기만을 염원하던 노팅엄 시민들에게 뱅크시의 그림이 노팅엄에 나타나자 생활의 활력과 재미를 주었다. 그림 앞에서 사진을 찍으려는 사람들의 줄이 날마다 이어졌다. 한 소녀(7세)는 훌라후프를 가지고 가서 그림 속에 소녀처럼 자신도 훌라후프를 돌리며 사진을 찍었다. 저마다 각기 다른 포즈로 그림을 배경으로 재미난 사진을 연출하였다. 남편도 매일 출근길에 뱅크시의 그림을 보고 출근하였다. 뱅크시의 그림이 노팅엄의 자랑이 되고 시민들의 기쁨이 되었다.

그러던 어느 날, 믿기 어려운 충격적인 일이 벌어졌다. 이른 아침, 몇 명의 노동자가 미용실 옆 벽에 드릴로 구멍을 뚫고 그림이 그려진 벽돌벽 자체를 절단해서 드러내어 밴에 싣고 사라져 버린 것이다. 그리고 뱅크시의 작품이 한 갤러리에 팔렸다는 소문이 들려왔다.

화랑 주인 존 브랜들러는 BBC와의 인터뷰에서 이 작품에 대해 "6자리 숫자의 금액"을 지불했으며, 이 작품을 보존하고 전시하는 것을 돕고 싶다고 말했다.

그는 습기가 노팅엄 시의회에 의해 씌워진 플라스틱 덮개 아래에 손상을 입힐 수 있기 전에 노팅엄 미술품을 "제시간에" 구했다고 주장했다.

노팅엄 사람들은 이 사실을 전해 듣고 실망스러움을 넘어 분
개했다.

한 시민은 이렇게 말했다:

"정말 역겹다. 이 예술은 노팅엄 사람들을 위한 것이었다. 그
것은 미술관을 위한 것이 아니라 거리를 위한 것이다. 극단적
자본주의이다. 결국은 돈에 관한 문제이다."

미용실 집주인과 갤러리, 그리고 시 관계자들에게 비난이 쏟
아졌다. Will Gomperz, BBC 뉴스 예술 편집자는 말한다.

"예술 용어로, 이것은 특정 장소에 맞게 만든 작품입니다. 즉, 뱅
크시는 그 작품을 위해 특별히 그 장소를 선택했고 그것이 작
품을 더 성공적으로 만든 것입니다. 그것은 그곳에서, 사람들이
즐기고, 사회적 논평이 되기 위해 의도된 것이었습니다. 그것을
벽에서 떼어내 다른 곳으로 가져가는 것은 당연히 뱅크시의 의
도가 아니었습니다. 제가 보기에 이 작품은 원래의 자리에서 이
탈함으로써 상당히 가치가 줄어들었습니다. 왜냐하면 이 작업
은 위치적으로 매우 특별했기 때문입니다. 자전거 바퀴를 훌라
후프처럼 돌리고 있는 소녀의 그림은 가로등 기둥 위에 묶여 있
는 자전거와 상호 작용을 하고 있었기 때문입니다. 노팅엄의 자

전거 역사와도 연결되어 있어서 이 작업은 그 장소에서 매우 잘 작동했습니다. 그 배경을 작품에서 제거하면, 그 작품은 가치가 없다고 생각합니다."

노팅엄 시의회 대변인은 당국이 도시를 위해 작품을 확보하려고 노력했지만 실패했고 결국 부동산 소유주의 결정에 맡겨졌다고 말했다.

이유야 어쨌든, 결국 집주인에게는 돈이 이런 결정의 중요 요소가 아니었겠는가?

뱅크시의 작품이 있던 자리는 갑자기 노팅엄의 자랑이 되었다가 하루아침에 노팅엄의 부끄러움의 장소가 되어 버렸다. 노팅엄의 명물이 되었을 작품을 노팅엄에서 지켜 내지 못한 것은 정말로 안타깝다. 나도 남편도 미리 사진이라도 찍어 둘 것을 아쉬워했다. 벽돌에 그려진 작품을 누가 그렇게 떼어 갈 거라고 상상이나 했겠는가. 나는 언젠가 뱅크시가 다시 노팅엄에 나타나 우리 집 붉은 벽에 그림을 그려 주면 얼마나 좋을까 하고 생각했다. 그러면 나는 아무리 큰 돈을 준다 해도 절대로 팔지 않고 아예 건물을 박물관으로 만들 것이다. 그러면 노팅엄의 자부심도 지키고, 큰돈도 벌 수 있을 텐데… 바보 같은 건물주라는 생각을 지울 수가 없다. 우리의 삶 가운데에도 이런 작은 이득을 얻기 위해 큰 손실을 보는 일을 선택하는 일은 없는지 생각해 본다. 때론 일이 벌어지고 나서야 잘못된 선택이었음을 깨닫기도 한다. 살다 보면 실수를 안 할 수는 없겠지만 그래도 눈앞의 이익보다는 긴 호흡으로 인생을 바라보며 살아가는 사람들이 많아지면 좋겠다.

영국의 록다운(봉쇄) 이야기

"Jesus said that if I thirst, I should come to Him. No one else can satisfy, I should come to Him."
(예수님이 말하기를 만일 내가 목마르면 그에게로 오래요. 어느 누구도 나를 만족시킬 수 없으니, 그에게로 오래요.)

어느새 뿌옇게 시선이 흐려졌다. 손에 들고 있던 노래 가사지에 뜨거운 눈물이 뚝뚝 떨어졌다.

"Jesus said, if I am weak, I should come to Him. No one else can be my strength, I should come to Him."
(예수님이 말하기를 만일 내가 연약할 때 그에게로 오래요. 어느 누구도 나의 힘이 될 수 없으니, 그에게로 오래요.)

잘 살고 있는 줄 알았다. 괜찮은 줄 알았다. 그런데 그렇지 않았었나 보다. 코로나로 영국이 온통 멈춰 버린 시간이었다. 거의 1년 가까이 사람들과 가까이서 교제를 못 하고 2미터 거리 유지를 하며 살았다. 교회도 오프라인 예배는 못 드리고 온라인 예배만 드렸다. 우리 가족은 이 암울한 기간에 새로운 도시로 이사까지 하여서 더더욱 아는 사람 하나도 없는 도시에서 홀로 버티고 있었던 것이다. 1년여 만에 처음으로 마스크를 쓴 채 오 프라인 예배를 드리고 교회 건물 밖의 잔디 위에서 하는 찬양이 었다. 그 감격 때문이었을까. 노래 가사 한 구절 한 구절에 눈물 이 났다.

2019년 12월 중국의 후베이성 우한시에서 신종 바이러스가 퍼져서 사람들이 죽어 가고 있다는 뉴스가 들려왔다. 중국과 가 까운 한국에서는 어느 나라보다도 빠르게 중국의 상황을 전달 하고 있었다. 중국 관련 콘텐츠를 만들던 한국 유튜버들이 앞다 투어 중국 뉴스와 기사를 실시간으로 퍼 날라서 번역해 주었다. 중국의 화장장이 24시간 가동되었는데 그것도 부족해서 새로운 화장장을 만들고 있다는 괴담들이 쏟아져 나왔다. 유튜버들은, 진위여부를 알 수 없는 중국의 길거리에서 사람들이 쓰러지는 영상들을 보여 주었다. 얼마 지나지 않아 한국도 결국 확진자가 하나둘 늘어나기 시작했다. 확진자 동선을 추적하기 시작했다. 확진자가 나타난 곳은 방역 조치는 물론 사업장 폐쇄 조치가 내 려졌고 국민들의 뭇매를 맞아야 했다. 영국을 비롯한 유럽은 남의 일처럼 쳐다만 보고 있을 때였다. 12월 1일에 중국에서 우한 폐렴의 존재를 명확히 밝힌 이후 이 전염병은 아시아를 넘어서 3달 사이에 전 세계로 퍼지고 있었다.

우한 폐렴 소식을 한국 뉴스를 통해 미리 들은 나는 영국인들보다 앞서 그 심각성을 느끼고 있었다. 나는 발 빠르게 손바느질로 면 마스크를 만들었다. 그리고 쌀도 넉넉하게 사다 놓고 손세정제도 미리 장만해 두었다. 영국이 아직 남의 일처럼 뒷짐지고 있을 때였다. 나는 영국 사람들이 너무 안일하다는 생각이들었다. 옆집 Phil 아저씨도 자기도 파스타 한두 팩 정도 더 사다 놓겠다고 하였다. 나는 '아마도 두세 달 것은 준비해 놔야 할거야.' 했더니 나를 이상한 사람처럼 쳐다보았다. 그 후로 영국의 코로나 상황이 더 심각해지자 Phil 아저씨가 나를 보는 눈이예전과 달랐다. 마치 쟤는 어떻게 그런 선견지명이 있었나 하는그런 눈빛이었다.

2020년 3월 드디어 WHO(세계보건기구)에서 감염병 최고단계인 6단계 팬데믹 선언을 했다. 이제서야 영국도 코로나 전염병 공포가 몰아쳤다. BBC에서는 코로나에 걸린 사람이 산소 호흡기를 꼽고 숨을 헐떡이며 얘기를 하는 영상이 나오고 심지어는 어린아이까지도 죽었다는 뉴스가 나오며 누구도 안전하지는 않다고 했다. 코로나에 걸리면 폐가 하얗게 변한다는 얘기도 나왔다. 미각과 후각을 상실한다는 것도 큰 증상 중에 하나라고 했다. 연일 전 세계 코로나 확진자 상황과 사망자 발표가 올림픽 메달 중계하듯이 보고되었다. 하루에도 몇 번씩 확진자 통계로 어느 나라가 상위권에 있는지 확인하고 치명률을 확인하였다.

유럽에서는 가장 먼저 이탈리아가 큰 피해를 보았다. 유럽에서 처음으로 강력한 록다운(Lockdown: 봉쇄)이 시행되었다. 이탈리아 병원과 케어 홈에서 노인들이 죽어 나간다는 뉴스, 이탈리아의 작은 동네의 부고가 몇 장씩 신문에 게재되고 있다는 뉴스, 코로나로 가족을 잃은 사람들의 울부짖는 영상 등이 매일매일 전파되었다.

소위 중산층이 산다는 우리 동네 사람들도 패닉에 빠진 것처럼 보였다. 나는 계란을 사러 동네 테스코에 갔다가 진열대에 물건들이 동이 난 것을 보고 경악했다. 파스타, 밀가루, 계란, 화장지, 세정제 코너들은 아예 깨끗이 비어 있었다. 화장지 구입도 일인당 개수 제한을 뒀다. 하루아침에 일어난 일이었다. 한국에서는 이미 확진자 동선 추적 시스템이 가동되고 있었고 전 국민이 마스크를 쓰고 국가의 통제에 적극 협조하고 있었다. 국가의 지시에 모두 다 이 위기를 함께 벗어나야 한다는 아니 다 같이 참으면 할 수 있다는 국민성이 발휘되고 있었다. 영국은 강 건너 불구경하다가 펜데믹 선언이 터지자 패닉에 빠진 듯했다.

보리스 존슨 총리가 2020년 3월 23일부터 7월까지 록다운을 한다고 발표했다. 얼마 전까지 정부의 권고안은 마스크는 바이러스를 막아 주지 못한다는 것이었다. 의료계 인사들이 마스크는 소용없다고 나와서 홍보하였다. 영국 Health Advisor, 크리스 위티도 브리핑에서 영국은 집단면역(Herd immunity)으로 가겠다는 정책을 펴겠다고 했다. 국민의 65%가 감염되면 그렇지 못한 사람들을 보호할 수 있다는 얘기였다. 영국은 그렇게 다른 나라들과는 정반대 방향으로 독자적으로 가는 거로 보였었다.

그러던 중 정부 Advisor 중에 한 명인 임페리얼 칼리지의 Neil Ferguson 교수의 코로나로 사망자 수가 50만 명에 이를 수 있다는 보고서가 발표되었다. 갑자기 정부의 정책이 뒤집어졌다. 그 통계를 근거로 늘어나는 확진자와 사망자로 영국의 의료 붕괴가 일어날 수 있다는 것이었다. 이 보고서 전까지 보리스 존슨은 20초 동안 손을 씻으며 해피버스데이 노래를 부르라는 게 다였다. 갑자기 각종 규제가 나오기 시작했다. 가족을 제외한 사람과는 2미터 거리두기, QR 코드로 동선 체크하기, 마스크 쓰기, 코로나 증상이 있는 사람은 집에 머무르라는 권고가 나왔다. 한국의 추적시스템, 코로나 병동, 드라이브 스루 코로나 검사 시스템이 BBC에 방영되었고 한국을 본받아야 한다고 했다. 그리고 드디어 마지막 조치인 봉쇄령이 내려진 것이다.

록다운 기간에 우리 가족은 뒷마당에서 바베큐도 해 먹고 책도 읽으면서 비교적 평온하게 지냈다. 록다운이라고 해도 마당이 있으니 답답하지 않았다. 목요일 저녁 8시면 NHS 의료인들과 필수인력들(Key Workers)에게 감사와 독려를 위하여 박수를 치자는 운동이 일어났다. 순진한 우리 아이들은 8시만 되면 문밖으로 나가서 하늘에 대고 박수를 쳤다. 이런 운동이 나에게는 뭔지 모르게 선동 당하는 기분이 들어 불편했다. 하루 한 번 허용되는 산책 시간에는 집 주변에 있는 들판으로 숲으로 돌아다녔다. 풀밭을 지나 밀밭 길 넘어 양목장에서 평화롭게 풀을 뜯는 양들도 구경하였다. 들판을 가로질러 가는 소 떼에 길을 양보하고 귀여운 알파카 옆을 지나치면 어느새 동네 한 바퀴였다. 동네 동물 친구들을 만나면 반갑게 인사하고 가다가도, 사람을 만나면 아주 불편했다. 아니 상대방이 불편한 모습이 역력했다. 어쩌면 우리가 중국인으로 보였기 때문에 그랬을지도 모르겠다. 하여튼 우리 집 세 남자들과 나는 그 산책길에서 노래도 많이 하고 대화도 많이 했다. 나는 아이들에게 "2미터씩 떨어져. 너희들 록다운 규칙(rule)을 어긴 거야." 하고 장난을 쳤다. 강제로 가족이 집에 모여 있게 되었지만, 나에겐 오히려 좋은 점이 더 많았다.

정부에서는 월급의 70% 이상을 보상해 주었다. 대부분 영국인은 겉으로 표현은 안 했어도 아마 그때 정말 행복했을 것이다. 사실 정부에서 돈을 주며 놀라고 하니 얼마나 좋았겠는가. 뉴스에서는 코로나로 사람들이 죽고 난리라는데 우리 주변에 아픈 사람은 아무도 없었다. 우리 동네는 물론 우리 가족은 평화롭기만 했다.

록다운은 1차로 끝나지 않았다. 3월에서 7월까지 1차, 10월 말부터 12월 초까지 2차, 2021년 1월 초부터 3월 말까지 3차례의 록다운 조치가 연이어 내려졌다. 가장 큰 문제는 케어 홈에 들어가 있는 노인분들의 면회가 거의 금지되었다는 것이다. 많은 외로운 노인들이 병원에서, 케어 홈에서 보호자 없이 홀로 죽음을 맞이했다. 거의 1년 동안 반드시 필요한 Key Worker들(의료인, 건설관련 노동자, 배관공 등)을 제외한 사람들은 집에 머물러서 일을 하도록 했다. 회사들의 재택근무가 늘어나고 사람들은 그에 익숙해지는 것 같았다. 아이들도 줌(Zoom)으로 수업

받게 되었다.

절대적으로 많은 시간을 집에 있게 된 영국 사람들은 그 시간을 집을 고치는 데 쓰려고 했다. B&Q, Wickes 등 건축자재 파는 곳이 대호황을 누리고 있었다. 집집마다 집을 고쳤다. 우리 집도 다르지 않았다. 록다운 기간 동안 새로운 도시로 이사를 했다. 새로 이사한 집에 방 하나를 새로 증축했다. 어쩌면 당연한 일이었는지도 모른다. 하루 종일 집에만 있는 상황에서 집의 퀄리티는 곧 삶의 퀄리티였기 때문이다. 건설업과 같은 일들은 허용이 되고 있어서 그나마 다행이었다. 우리 가족도 가든 쉐드와 펜스 그리고 텃밭의 나무 경계에 페인트칠을 했다. 도배도 하고 실내 페인트도 칠했다. 구석구석 일을 찾아서 하다 보니 어느 순간 집이 많이 예뻐져 있었다. 남편이랑 아이들이랑 함께해서 더 재미나고 의미가 있었다.

시간이 그렇게 갔다. 록다운은 해제되었지만, 여전히 많은 규제가 남아 있었다. 2020년 12월부터 전 세계에서 처음으로 코로나 백신이 영국에서 개발되어 집단 접종이 시작되었다. 이번에는 백신만이 희망이라고 했다. 나와 가족과 주변 사람을 위해 맞아야 한다고 했다. 처음에는 노인들 그러다 대부분의 성인 그리고 십 대 청소년까지 접종받았다. 그리고 2년이 또 갔다. 코로나는 여전히 진행 중이다.

2021년 11월 보리스 존슨의 파티게이트가 터졌다. 록다운 기간에 본인의 생일 파티를 포함한 10여 번의 파티가 다우닝가 10번지 총리 관저에서 있었다는 의혹이 제기되었다. 사람들은 분개했다. 정부 정책에 따르느라 부모의 임종도 못 본 사람들이 울면서 배신감의 심정을 토로했다. 2022년 7월 드디어 보리스 존슨이 사임을 했다. 그의 사임 이전에 존슨 내각의 장관들의 사임도 여럿 있었다. 모두 록다운 룰을 어긴 것들이었다. 팬데믹 처음부터 강경한 정책과 발언으로 국민들에게 강한 오더를 내렸던 보건부 장관 Matt Hancock은 그중에서도 최악의 정치인이었다. 록다운 중 자기 집무실에서 유부녀 비서와 불륜을 저지르다 영상이 노출되면서 사임했다. 불륜을 저지른 두 사람 다 이혼으로 파국을 맞았다. 보리슨 존슨의 Chief Advisor였던 Dominic Cummings도 록다운 기간에 런던의 집에서 자동차로 3시간이 넘는 거리의 더함이라는 도시를 방문하여 사임 압박을 받았다. 공보부 장관 Allegra Stratton도 다우닝가(영국의 총리 관저) 파티에 참석하며 파티 게이트의 단초가 되는 말을 하면서 여론의 뭇매를 맞고 울면서 사임했다.

이 사람들이 지난 3년간 영국의 코로나 전염병을 막겠다고 온갖 규제를 만들고 국민들의 희생을 요구하면서도 정작 자신들은 법 위에 있었던 정치인들이다. 알려지지 않아서 그렇지, 존슨 내각의 각료 중 자유로울 사람은 몇 안 될 것이다. 마키아벨리가 군주론에서 "정치와 도덕은 아무런 관련이 없다."고 했는데 그 말이 맞는 것 같아서 씁쓸하기만 하다.

머물면 보이는 곳

"세상에는 사람만 살고 있는 게 아니다.
비도 나와 다람쥐와 새와 나무와
풀과 꽃을 위하여 오고,
햇빛도 다 우리 모두를 위한 거였다."

정원의 도둑들

- Who stole my slippers?

  (누가 내 슬리퍼를 훔쳐갔나?)

"이상하다. 여보? 여기 마당에 있던 내 슬리퍼 못 봤어요?"

"아니요, 나는 못 봤어요."

"으아!! 이놈의 도둑! 진짜아아앙!!"

찢어질 듯한 하이톤의 목소리가 가든 저 너머까지 들으라는 듯이 울려 퍼졌다. 처음에는 이 녀석이 간을 좀 보았던 모양이다. 그때는 조심스럽게 내 샌들의 끈만 갉아 먹고 사라졌었다. 졸지에 내가 아끼던 샌들은 슬리퍼가 되어 버렸지만 뭐 그걸로도 사용하는 데는 크게 문제 될 건 없었기에 그냥 그러려니 하고 넘어갔었다. 하지만 그걸 시작으로 자신감이 붙은 녀석은 몇 달 새에 더 과감해지고 있었다. 먼저 남편 샌들이 사라졌고 그다음에 아들들 것 그리고 내 것까지 해서 모두 네 켤레가 사라졌다. 그리고 오늘 아침 마지막으로 남아 있던 슬리퍼를 그것

도 아주 약 오르게 한 짝만 가져간 것을 보자 나는 그동안 참았
던 분노가 터져 버렸다.

나는 그때의 내 모습을 떠올리면 흡사 피터 래빗 이야기의 미
스터 맥그리거가 자신의 밭을 침입한 피터 래빗에게 쟁기를 들
고 'Stop, thief'(거기 서, 도둑놈아) 하면서 쫓아가는 모습과 비
슷했다고 생각한다. 나는 피터 래빗 이야기를 읽을 때면 미스터
멕그리거가 악당이라고 여겼었는데 인제 보니 악당은 피터 래
빗이었다. 정성스레 가꾸어 놓은 밭에 못된 토끼 한 마리가 들
어가서 당근을 훔쳐 먹고 온 밭을 헤집어 놨으니 농부가 얼마나
속이 상했을까. 미스터 멕그리거는 사실은 너무나 가여운 피해
자인데도 책에서는 악당처럼 그려진 게 내 상황과 오버랩되면
서 한없이 동정심이 들었다.

나는 그 이후 더 이상 슬리퍼를 마당에 두지 않았다. 그래서
더 이상 잃어버릴 것도 없었다. 그런데 요번에는 황당하게도,
사라졌던 슬리퍼들이 화단 한쪽에 수북이 쌓여 있었다. 나는 혹
시나 하고 잠깐 기대했지만, 모두 짝이 맞지 않아 역시나 쓸 수
있는 게 하나도 없었다. 가져갈 땐 언제고 짝도 안 맞는 걸 다시
가져다 놓는 건 또 무언가. 가끔은 내 것이 아닌 것도 가져다 놓
았다. 못 보던 테니스공도, 축구공도 보였다. 어쩌면 관심을 받
기 위한 외로운 여우의 행동이었을지도 모르겠다. 종종 어두운

밤에 찾아와 컨서버터리 유리창 너머에서 나와 눈을 맞추고 사라지는 걸 보면 말이다.

- Who stole my strawberries?
  (누가 내 딸기를 훔쳐갔나?)

영국에서 집을 장만한 첫해였다. 마당 한쪽에 고추도 심고 딸기도 심고 부추도 심고 자두나무도 심었다. 그중에서도 그해 나의 최고의 관심사는 작은 화분에 심어 놓은 네 그루의 딸기모종이었다. 5월쯤에 꽃봉오리가 달린 것을 들였더니 요 귀여운 아이들은 우리 집에 오자마자 무럭무럭 자라 줬다. 하루가 다르게 혈색이 붉어지고 탐스러워졌다.

아침에 일어나면 바로 마당으로 나가서 제일 먼저 물을 주었다. 그리고 쪼그리고 앉아서 이리저리 살펴보고 잘 자라라고 어루만져도 주었다. 어느덧 곧바로 먹어도 될 만큼 불그레해진 아이들은 부끄럽다는 듯이 고개를 숙이고 있었다. 나는 마음속으로 내일이 D-day라고 생각을 하였다. 내일이면 딱 맛있게 먹을 수 있겠다고 생각했다. 하루만 더 기다리기로 했다. 그러면 내일 아침에는 세상에서 가장 맛있는 딸기를 먹을 수 있겠다 싶었다.

밤새 딸기 꿈을 꾸었던 것 같다.

'One for Daddy, one for Mommy, one for 큰아들, one for 작은아들….'

드디어 대망의 다음 날 아침이었다. 나는 아침에 일어나자마자 내 사랑 딸기에게로 달려갔다. 그리고 멈칫했다. 어리둥절했다.

없다! 딸기가 온데간데없다! 딸기 대만 대롱대롱 거리고 있었다. 말 그대로 아주 깔끔하게, 사라졌다.

'뭐지?' 어안이 벙벙하다. 나는 마당을 두리번두리번 거렸다. '뭐야?' 나는 실어증에 걸린 사람처럼 한참 동안 아무 말을 못 하고 서 있었다. 그리고 뒤돌아서서 집 안을 향해 외쳤다.

"여보 오오~? 여보 오오~? 여기 딸기 당신이 땄어요?"

"아니요!"

"에이, 당신이 땄지?"

"아닌데. 왜? 없어요?"

"응. 없어! 장난하는 거 아니지?"

"아니야."

정신이 멍했다. 내게 무슨 일이 일어난 건지 알 수 없었다. 그러다 허망함이 밀려왔다. 어릴 적 하루 종일 친구들과 뛰어놀다 갑자기 나만 남겨진 골목길에 서 있는 것 같았다. 이러려고 몇 달을 애지중지 공을 들였나하고 생각하니 억울하고 분했다. 다시는 '딸기를 키우지 않을 거야.' 나는 딸기 화분에서 딸기 덩쿨을 휘어채서 가든 한쪽 구석으로 패대기를 쳐 버렸다. 괜한 딸기에게 화풀이를 했다.

　범인이 누구인지는 가족 간의 의견이 분분했다. 우리 집을 마음껏 드나드는 놈들이 한두 놈이 아니기 때문이다. 나는 그 당시에는 새가 먹었을 거라고 막연히 생각을 했었다. 그러던 어느 날 콘서버터리에 앉아서 무심코 가든을 바라보고 있었는데 다람쥐 한 마리가 한쪽에서 잔디를 열심히 파고 있는 게 눈에 들어왔다. 눈을 움츠리며 자세히 보니 뭔가를 땅에 묻고 다시 흙을 덮어 꾹꾹 다독거리고 있었다. D-day를 알 만큼 똑똑한 놈, 손놀림이 여문 놈, 어쩌면 저놈이 범인일 수도 있겠다고 생각했다.

　후유증은 컸다. 생각하면 생각할수록 화가 치밀었다. 농사를 지을 의욕이 깡그리 사라져 버렸다. 그렇게 딸기 도둑에 대한 분노와 의혹이 깊어지던 어느 날 갑자기 그런 생각이 든 것이다. 어쩌다 그런 도통한 도인 같은 생각이 들었는지 나도 모를 일이었다.

　'아, 나눠 먹는 거였구나. 아, 새들도 다람쥐도 다, 사람도 다 하나님이 주신 음식 함께 나누어 먹는 거구나. 나만 먹겠다고 적은 양의 모종을 심는 게 아니었어. 더 많이 심어서 다 같이 나누어 먹는 거였어.'

이런 생각이 들자 나의 그릇이 작음이 부끄러워졌다. 성경에도 그런 말씀이 있었지.

'너희가 밭에서 난 곡식을 거두어들일 때는, 밭 구석구석까지 다 거두어들이지 말고, 또 거두어들인 다음에, 떨어진 이삭을 줍지 말아라. 그 이삭은 가난한 사람들과 나그네 신세인 외국 사람들이 줍게 남겨 두어야 한다.' (레위기 23:21-22)

'그런데 가난한 사람뿐 아니라 새들도, 다람쥐도, 다 같이 나누어 먹는 거였어. 내가 키웠다고 그것이 내 것만이 아니었어. 하물며 우리 선조들도 감나무의 감을 다 따지 않고 까치밥이라고 남겨 놓았더랬지. 우리 집 딸기를 따간 그 무언가는 자기 몫을 가져간 거야.'

우리 집 뒷마당에는 여우도 오고 다람쥐도 오고 새들도 오고 동네 고양이들도 오고 가끔은 고슴도치도 온다. 작은 연못에는 개구리들도 산다. 작은 텃밭에는 꼬물꼬물 지렁이도 있고 채소를 심는 족족 먹어치워 버리는 퇴치곤란 민달팽이도 있다. 세상에는 사람만 살고 있는 게 아니다. 비도 나와 다람쥐와 새와 나무와 풀과 꽃을 위하여 오고, 햇빛도 다 우리 모두를 위한 거였다. 영국에서 자연과 가까이 살아서 배우는 게 많다.

카운슬 하우스

먼저 눈에 들어온 것은, 집 앞 담벼락을 타고 올라가고 있는 이름을 알 수 없는 오렌지색 열매들이 가득 열려있는 덩굴이었다. 그다음으로 꽃 그림이 그려져 있는 하얀색 도자기 하우스넘버 플레이트가 부끄러운 듯이 덩굴과 벽돌 사이에서 얼굴을 내밀고 있었다. 빛바랜 나무로 된 낮은 게이트 문을 여니 삐꺼덕 소리가 났다. 현관을 정면으로 보고 오른쪽으로 난 삼각형 모양의 손바닥만 한 앞마당에는 초록색 페인트가 벗겨진 벤치가 벽에 기대어 놓여 있었고 그 아래로 보라색, 흰색, 핑크색의 잔꽃들이 하늘거리고 있는 것이다. 옆집과 맞닿은 담장 아래로 붉은색 장미가 우아한 자태를 뽐내고 있는 것이 한 폭의 수채화를 보는 것같이 청초했다. 다시 게이트를 나와서 왼쪽으로 난 가든의 러스틱한 키가 큰 나무로 된 문을 밀고 들어가니 한 사람만 지나갈 수 있는 긴 골목길이 나왔다. 양쪽으로 말끔하게 정돈된 Boxus 부시들이 내 허리만큼 울타리를 이루며 메인 가든으로 나를 인도한다.

군데군데 견과류를 담은 새 먹이 공급기(Bird Feeding Station)

머물면 보이는 곳

들이 달랑달랑 새들을 유혹하고 있고 그 아래는 잎사귀만 무성한 수국이 군락을 이루고 있었다. Gosh! 탄성이 나왔다. 눈앞에 펼쳐진 가든에는 있을 법하지 않은, 아니 가든 중앙에는 더더욱 있을 것 같지 않은, 비현실적으로 커다란 나무 한그루가 하늘을 덮고 있었다. 영국 남쪽에 있는 사슴들이 뛰노는 야생의 리치몬드 파크에나 있을 법한…. 이런 게 도대체…. 가든 중앙에…. 무엇이란 말인가…. 마치 성경에서 말하는 에덴동산에 생명나무가 저렇게 놓여 있지 않았을까 생각이 들었다.

그날 그렇게 나는 내 마음을 사로잡은 가든 중앙에 생명나무가 있는 낡고 허름한 집의 주인이 되었다.

할아버지와 할머니 두 분만이 사시던 집이었다. 할아버지는 수년 전 먼저 가시고 할머니가 마지막까지 사시다가 최근에 돌아가셨다 한다. 그분들의 하나뿐인 아들이 상속받아 낡은 집을 감당할 수 없어 팔려고 내놓은 집이었다.

영국에서 집을 살 때면 만날 수 있는 흔한 스토리이다. 고지식한 노인분들이 평생을 옛 라이프 스타일을 고수하시며 살다가 이제는 시대에 뒤처진 옛 인테리어로 장식된 낡은 집을 남기고 떠나신다. 그러면 자식들은 그것을 리모델링할 돈이 없어서 집을 고치는 것을 포기하고 대신 시세보다 싸게 부동산에 내 놓는 것이다. 새 주인은 또 그것을 저렴하게 사서 현대식으로 잘 고쳐서 다시 되팔거나 혹은 본인들이 살기도 한다. 아웃데이티드(Outdated)된 돌아가신 할머니 할아버지 집은 그래서 싼 가격에 살 수 있어서 인기가 많다. 영국에서 저렴하게 집을 살 수 있는 한 방법이기도 하다.

노인 혼자서 사서서 그런지 안전에 지나치게 염려를 하셨나 보다. 앞문 뒷문 출입문마다 자물쇠가 3개, 4개씩 채워져 있었다. 심지어 가든 방향으로 난 부엌 창문에는 철재 셔터가 설치되어 있고 자물쇠까지 채워져 있었다.

집안 곳곳을 둘러본다. 구석구석 옛 주인의 손때가 묻어 있다. 벽과 천장에 수십 년간 덧바른 두꺼운 질감 있는(테스쳐드) 페인트는 갈라져서 크랙을 일으키고 바닥에 깔린 꽃무늬 카펫에서는 발을 디딜 때마다 눅눅한 곰팡내가 피어올랐다.

거실에는 역시나 빈티지한 가스 벽난로가 싸구려 타일을 붙인 서라운드를 두르고 서 있다. 천정에는 집에 규모와는 어울리지 않는, 영화 미녀와 야수에 나올 법한, 불꽃 모양의 다섯 구의 전구가 있는 황금색 샹들리에가 걸려 있다. 할머니 할아버지가 나름대로 얼마나 집을 애지중지 가꾸시고 사랑하셨는지 상상이 되었다. 부엌에는 손수 만드신 듯한 가구들이 설치되어 있는데 웬만한 부엌살림은 다 들어갈 수 있을 만큼 크기가 넉넉하다. 침실이 있는 2층으로 올라가 보았다. 계단을 올라가자마자 보이는 작은 욕실에는 욕조와 세면대만 있었다. 변기가 없는 욕실이다. 만약 밤에 화장실에 갈 일이 생긴다면 계단을 내려와서 4개의 문을 통과해야 한다. '아! 얼마나 불편하셨을까. 2층에 화장실하나 만들어드리지' 나는 이런 광경을 볼 때면 자식들이 원망스러워진다. 영국이나 한국이나 부모는 열 자식을 거느려도 한 자식은 한 부모를 못 모신다는 말이 딱 맞는 것 같다.

영국은 1919년부터 카운슬 하우징(Council Housing, 공공임대주택) 정책을 대대적으로 시행하였다. 1919년에 우리나라는 어떻게 살고 있었는지를 떠올린다면 그 시절 영국이 얼마나 대단한 나라였는지 실감이 날 것이다. 카운슬 하우스(Council House)는 영국 정부와 지방 관계 당국이 협력하여 저소득 빈곤층을 위한 집으로 우리 식으로 말하면 공공임대주택 같은 것이다. 《해리포터》를 쓴 J.K. Rolling이 싱글맘으로 정부의 보조를 받으며 이런 카운슬 하우스에 살면서 글을 썼다는 것은 아주 유명한 이야기이다. 지금은 영국 100위 안에 드는 납세자가 되어 반대로 영국 정부를 돕고 있으니 그녀야말로 영국 정부가 한 최고의 투자였다는 생각이 든다.

오늘 나의 집이 된 이 집은 바로 그런 집이다. 이 집의 할머니 할아버지가 애초에는 정부로부터 보조를 받고 사시다가 카운슬(우리나라로 치면 구청 혹은 군청)로부터 저렴하게 돈을 주고 마이홈을 이룩하신 후 그 집을 꾸미며 평생 사신 것으로 보인다. 1970-1980년대에 마가렛 대처 수상은 통치기간 중에 카운슬 하우스의 입주자가 그곳에서 일정 기간 기거하면 저렴하게 집을 살 수 있는 정책을 대대적으로 펼쳤다. Right-to-Buy 정책으로 공공임대주택에 세 들어 살고 있는 입주자가 일정 기간이 지난 후 본인이 거주하고 있는 주택을 원가의 33~50% 저렴한 가격으로 매입을 허용하는 제도로 많은 가난한 서민들에게 자기 집을 가질 수 있도록 도운 제도였다. 대처 수상을 그리워하는 사람들이 아직도 칭찬하는 정책이다. 내가 이런 Ex-카운실 하우스를 방문해 보고 놀랐던 것은 비록 카운슬 하우스라고 해도 집 크기도 비교적 넉넉하고, 정원도 작지 않게 지었다는 것이다. 영국 정부가 얼마나 서민들의 삶의 질을 배려했는지를 평범한 카운슬 하우스를 보면 알 수 있다. 영국에는 An Englishman's home is his castle이라는 수백 년 된 속담이 있다. 영국인들이 집을 얼마나 사랑하고 정성스럽게 가꾸는지를 알 수 있는 말이다. 비록 카운슬 하우스라고 해도 영국에서는, 그곳은, 그들만의 성이 될 수 있다.

영국은 DIY 왕국

　낡은 주택을 사고 나면 그때부터가 진짜 시작이다. 나는 부동산에서 열쇠를 받아 들고 새로 산 집으로 가 보았다. 처음 집을 사기로 하고 오퍼를 낸 게 4개월 전이었으니 꽃들이 만발했던 집은 그 사이에 낙엽들이 굴러다니는 황량한 폐가가 되어 있었다. 영국은 집을 사고도 새 주인에게 열쇠가 넘어오기까지 빨라야 두 달이 걸리는 나라다. 우리 집은 웬일이지 넉 달이나 걸렸고 우리는 영문도 모른 채 마냥 애를 태우며 기다려야 했다. 그리고 드디어 처음 집에 들어서는 순간, 앞으로의 일들이 순탄치만은 않을 거라는 걸 직감하게 된다.

　저렴한 가격이라고 덥석 집을 사 버렸다는 게 문제였다. 요번에도 나는 집을 사기 전에 이웃집 상태를 체크하는 데 실패했고 실수는 또 반복됐다. 아니 어쩌면 실수가 아니라 싼 집을 사려면 어쩔 수 없는 선택인지도 모른다. 우리 이웃집과는 역시나 친하기 어려워 보인다. 나는 그것을 보고 말았다. 그리고 나는 미련 없이 나의 이웃에 대한 마음의 문을 닫아 버렸다. 그것은 마치 전쟁이 나서 공중에서 떨어진 포탄에 맞은 거처럼 뻥 뚫려 버린 옆집 헛간의 지붕이었다. 아니 분명히 전쟁이 났었나 보다. 그렇지 않고서는 헛간 지붕위에 난 이 동그랗고 커다란 구멍을 설명할 길이 없다. 나무를 심어서 가릴까. 펜스를 쳐서 가릴까…. 나는 이제 다만 어떻게 하면 2층에 있는 우리 집 안방에서 훤히 보이는 옆집 뒷마당을 안 보이게 할까 연구해 보기로 했다.

내가 영국에 와서 가장 부러운 사람들은 소위 말해서 금손을 가진 남편들을 둔 아줌마들이다. 그냥 돈을 주고 사람을 쓰면 되지 않겠냐고 하겠지만… 아니다. 돈을 주고도 적당한 사람을 찾기가 쉽지 않다. 물론 돈이 아주아주 많아서 최고의 인테리어 회사와 부담 없이 계약할 수 있는 사람은 다르겠지만 일반적으로 가성비를 생각한 일손 찾기는 그다지 쉽지 않다. 그래서 영국인들은 웬만하면 손수 고친다. 페인트칠은 그냥 누구나 다 하는, 일 축에도 들지 않는 일이다. 조금이라도 손재주가 좋은 사람이라면 자기 집 쉐드(헛간)는 그냥 자기가 짓는다.

나는 불행히도 영국에서는 어디에도 쓸데없는 똥손을 가진 남편을 두었다. 이건 정말이지 내가 영국에 와서 알게 된 나의 큰 불행 중 하나이다. 영국의 주택의 삶은 이런 헌 집을 사서 고치는 일이 아니래도, 사실 주기적으로 무슨 일인가는 꼭 일어난다고 보면 된다. 어제는 욕실에서 물이 새서 아래층 부엌 천장으로 물이 떨어졌고 오늘은 보일러가 가동을 멈춰 버리고 내일은 싱크대 하수구가 막혀 버릴 예정이다. 이런 일이 비일비재한데 그럴 때마다 플러머(배관공)를 불렀다가는 한 달 월급을 다 써야 할 거다. 내 경우는 내가 인내심이 많다는 게 큰 도움이 되었다. 뭔가 고장이 나면 나는 그걸 그냥 그대로 둔다. 아예 사용하지 않고 말이다. 그게 몇 달이 될 수도 있고 몇 년이 될 수도 있다. 지금 우리가 살고 있는 집은 1년째 교체할 천장 등을 사다 놓고 바라보고만 있다. 2층 화장실은 물이 새서 사용하지 않은 지 두 달은 된 것 같다. 적당한 적임자가 나타날 때까지 기다리면 된다. 그렇지 않으면 답답한 사람이 먼저 움직이면 된다.

게다가 나에게는 행운이 하나 있다. 손재주 없는 남편 대신 '어디선가 누군가의 무슨 일이 생기면' 나타나 주는 '홍 반장'이 근처에 있다는 거다. 그분은 다름 아닌 오랫동안 다닌 한인교회의 목사님이시다. 한국에서 개척교회를 하시다가 영국에 오신 홍 반장님은 그 당시, 교회 재정이 어려워 망치질하는 잔일들을 손수 다 하셨다고 한다. 덕분에 쌓인 노하우가 영국에서 살기에 최적화된 비밀병기가 되었다. 우리는 요번에도 홍 반장님께 구조신호를 보냈다.

홍 반장님의 정밀한 관측 결과, 보일러를 새로 설치해야 한단다. 이건 사실 홍 반장님도 설치할 수는 있지만 자격증이 있는 사람을 쓰는 게 좋다. 그래서 우리는 조금 비싸더라도 사설 업체보다는 믿음이 가는 British Gas에 예약을 잡았다. 부엌 가구도 미리 준비해 놔야 한단다. 우리는 부엌 공간을 동영상으로 찍고 가구를 놓을 자리의 치수를 잰 다음에 Wren Kitchen에 가서 상담 후 계약을 하였다. (여기는 처음에 계약할 때 우리가 측정한 공간의 수치로 먼저 디자인해서 가계약을 한다. 그런 후 다시 현장에 기사가 방문하여 정확하게 치수를 재고 최종적으로 디자인을 업데이트한다. 그래서 혹 나중에, 가구 설치 시 문제가 될 오류를 사전에 좀 줄일 수 있다.)

부엌 안에 들어갈 가전제품도 John Lewis 백화점에서 주문했다. 여기도 조금 비싸지만, AS가 확실하기 때문에 큰 물건을 살 때는 이용하는 편이다. 낡은 카펫을 걷고 라미네이트 바닥을 깔아야 한다고 하신다. 우리는 B&Q에 가서 바닥재를 사다놓았다. 부엌바닥과 욕실 벽에 새로운 타일이 필요하단다. 가까운 동네 Wickes에 가서 주문했다. 부엌 전등이 필요하단다. B&Q로, 창문에 달 커튼은 Dunelm으로, 커튼봉은 또 B&Q로~ 욕실에 달 거울은 IKea로, 간단한 나사나 전기 소켓은 Screwfix로, 가든 용품은 Homebase로. 가든에 심을 식물들은 동네

Nursery(묘목장)나 가든 센터로 직행하여 구매했다. 물론 알다시피 여기는 영국이니까 배달이 완료될 때까지는 쪼오끔 시간이 걸리겠지만 말이다(아마도 두 달쯤 혹은 그 이상?!).

편리한 아파트 생활에 익숙한 한국인들이 처음 영국에 오면 생전 처음 겪는 고충들이 많다. 특히, 영국의 집은 대부분 오래되었기 때문에 하루가 멀다 하고 고장이 난다. 스스로 고칠 수 있는 일이라면 다행이지만 그렇지 않다면 전문가를 불러야 하는데 사실 그 전문가가 수준 차이가 많이 난다. 인터넷에 공개된 리뷰만 보고 플러머를 불렀다가 문제는 해결되지 않고 돈만 쓰는 일도 비일비재하다. 돈이 있다고 다 되는 것도 아니고 돈이 없다고 안 되는 것도 아니다. 사람을 고용할 때도 운이 좋아야 되는데 경험상 그 운이 안 좋을 때가 더 많다. 그래서 영국 사람들은 스스로 하거나 아니면 주변의 추천을 받은 업체나 사람들을 이용한다. 우리도 영국에 살아온 세월만큼 도배나 페인트 등 웬만한 일은 스스로 할 수 있게 되었다. 영국은 말 그대로 DIYER의 천국이다. 비전문가들이 일하기에 쉬운 자재들을 파는 전문회사들이 정말 많다. 그리고 감사하게도 우리에게는 레퍼런스가 필요 없는, 기술적 지원이 가능한 DIYER, 홍 반장님도 계신다.

바꿀 수 없는 이웃집

'A bad neighbor is a misfortune, as much as a good one is a great blessing.' – Hesiod

('나쁜 이웃은 불행이지만, 좋은 이웃은 큰 축복이다.' – 헤시오드)

"아니 옆집은 도대체 왜 그러는 거야. 아휴~ 정말!" 나는 더 말하려다가 입을 꾹 다물었다…. 그러다 나는 또 화를 못 참고 기어이 남편에게 한마디 하고야 만다. "내가 저러니까 저 집하고 친구를 할 수가 없어요. 우리가 여기 산 지가 몇 년째인데 아직도 이웃과 차 한 잔 같이 못 하고 있다는 게 말이나 돼?" 괜스레 남편은 나의 투정을 듣고만 있었다. 우리 집을 들어가고 나갈 때마다 드는 울화다.

처음에는 집만 보였었다. 연세 드신 노부부가 오랫동안 사시다가 두 분 다 돌아가시고 자식들이 팔려고 내놓은 집이었다. 이런 집들은 대부분 낡고 손볼 때가 많아서 그 집의 규모에 비해 시세보다 조금 저렴한 가격으로 시장에 나왔다. 우리가 바로 그런 집을 산 것이다.

그리고 급한 대로 두 달간 당장 필요한 것만 고치고 입주하게 되었다. 공사 기간 동안 집 앞에 쌓였던 공사 자재나 건축 쓰레기들이 가득 들은 스킵(Skip)까지 다 치우고 나니 그동안 미뤄두었던 가든이 눈에 들어왔다. 오랫동안 돌보지 못한 가든은 말 그대로 정글이었다. 앞뒤 가든을 다 덮어버린 아이비와 잡초들을 다 제거하고 가든 센터에 가서 새 잔디를 사다가 깔았다. 핑크색, 붉은색, 노란색깔의 장미도 앞마당을 빙 둘러서 심었다.

우리 집만 보였었다. 그런데 우리 집을 다 정비하고 나니… 그제야 옆집이 눈에 들어왔다. 2층에 있는 안방 창문을 통해서 옆집 뒷마당이 내려다보인다. 흡사 뱀이라도 나올 것처럼 그 집 가든은 블랙베리 가시넝쿨과 사람 키만큼 자란 잡초들로 덮여 있었다. 가든으로 들어오는 뒷문은 반쯤 열려 있었지만 거대하게 자란 식물들로 마치 한국의 DMZ 같았다. 오로지 새들과 동네 고양이들만 오갈 수 있는 땅이었다.

내가 잠시 집을 비운 어느 날이었다. 아이들이 학교에서 일찍 집에 돌아왔는데 그날따라 열쇠도 없고 핸드폰도 없어서 옆집에 문을 두드려서 전화를 빌려 쓰게 되었다. 그런데 아들 말에 의하면 현관 입구부터 카펫들이 다 들쳐져 있어서 들어가기도 쉽지 않았고 한다. 게다가 물건들이 여기저기 마구 아무렇게나 쌓여 있어서 전화를 찾는데도 한참이나 걸렸다고 한다. 비단 집 밖에 있는 가든만의 문제가 아닌 것으로 보였다.

도대체 어떤 사람들이 살길래 집을 저 지경으로 해놓고 사는 걸까… 궁금해졌다. 가끔 집 앞에서 옆집 아줌마를 만나면 눈인 사를 했다. 하지만 곧바로 눈인사만 하고 안으로 들어가 버리곤 하였다. 대단히 내성적인 사람 같았다.

옆집의 상황과는 별개로 우리 집은 해를 거듭하면서 성숙한 (Mature) 가든이 되어 가고 있었다.

이제 우리 집 뒷마당에, 자두나무에서는 탐스러운 보라색 자 두가 한 광주리씩 열렸다. 우리 집을 지나가던 동네 사람들이 활 짝 핀 다채로운 장미꽃들 앞에서 사진을 찍기 시작했다. 우리 앞 마당은 어느새 우리 동네 포토존이 되어 있었다. 매해 조금씩 손 을 본 가든이 드디어 빛을 보게 된 것이다. 우리 집 가든이 예뻐 질수록 옆집 앞마당에 몇 년째 누워서 말라비틀어져 있는 크리 스마스트리가 나에게는 눈엣가시였다. 그러던 어느 날 요번에 는 빈 화분이 굴러다니던 그 집 앞마당에 쓰레기를 버리는 커다 랗고 노오란 스킵 백(폐기하는 쓰레기를 놓는 커다란 가방)이 놓여 있었다. 그녀가 드디어 앞마당 정돈을 하려나 보다 하고 생 각하니 반가웠다. 나는 그녀에게 스프링 클리닝을 하려고 하냐고 억지 미소를 띠며 물었다. 그녀는 그렇다고 했다. 다음 날부터 매일 스킵 백 안으로 하나둘씩 물건들이 쌓여 갔다. 다리가 부러진 의자. 전기 조리기구, 말라 죽은 화분들, 정체를 알 수 없는 검은 비닐봉지들이 하나둘 쌓여 갔다. 하루, 이틀, 일주일은 그러려니 했다. 그리고 한 달, 두 달이 지나가자 슬슬 화가 치밀어 오르기 시작했다. 옆집은 그 거대한 쓰레기 더미를 치울 마음이 전혀 없는 것 같았다. 한 반년이 지난 시점이었을까… 옆집에만 지나가면 악취가 나기 시작했다. 그때쯤이었던 것 같다.

어느 날 필 아저씨가 우리 집에 찾아왔다. 우리 옆의 옆집 그러니까 엘리슨의 옆집에 사는 이웃이었다. 엘리슨의 집을 사이에 두고 우리 집과 필 아저씨 집이 있었다. 필 아저씨와 우리 집은 우리 동네에서도 가장 큰 피해를 보고 있는 두 집이었다. 자기가 옆집에 편지를 쓰겠다는 것이다. 우리 동네 사람들 서명을 받아서 저 쓰레기 더미를 치워달라고 편지를 보내겠다는 것이다. 그러고도 이게 개선이 안 된다면 그다음 액션을 취하겠다는 것이다. 우리는 필 아저씨의 아이디어를 적극 지지하며 그분이 써 온 편지에 서명하였다.

그리고 며칠 후 드디어 반년이 넘게 집 앞에 버티고 있던 거대한 쓰레기 더미가 사라졌다. 스킵 백을 치우자 쓰레기가 있던 자리와 없던 자리에 뚜렷한 경계가 보였다. 스킵백이 있던 자리에만 잔디가 죽어서 흡사 논두렁을 태운 것처럼 황폐한 노란 흙이 드러났다. 하지만 나는 쓰레기 더미가 없어진 것만으로도 그저 감사할 수 있었다. 시간이 지나 옆집의 잔디가 다시 나기 시작했다. 이제 나는 우리 집 가든뿐만 아니라 옆집 가든의 잔디까지도 깎아 줘 버렸다. 방치하다가는 또 어떤 꼴을 볼지 모를 일이었다. 어느 날 누군가 노크를 해서 나가 보니 옆집 아줌마가 예쁜 빨간색 장미화분을 들고 서 있었다. 자기 집 잔디를 깎아 줘서 너무나 고맙다고 자신은 가드닝하는 게 너무 어렵다고… 그러면서 작은 선물이라고 화분을 내밀었다. 옆집에 대한 노여움이 조금 가라앉는 것 같았다. 나에게는 아무것도 아닌 일이 어떤 사람에게는 아주 힘든 일일 수도 있겠다고 생각을 한 계기였다.

영국에 이런 말이 있다. 집은 바꿀 수 있어도 이웃은 못 바꾼다는…. 우리의 첫 집을 통해서 이웃이 얼마나 중요한지를 알게 되었다. 그런 면에서 우리 가족은 정말 운이 너무나도 없는 가족이다.

우리는 또 새집으로 이사를 했고 지금 우리 옆집의 앞마당에는 5년째 방치 중인 찌그러진 두 대의 자동차가 마치 설치미술 작품처럼 서 있다. 물론 옆집과는 아직까지 차 한잔하지 못했다. 살다 보면 누구나 사람과 사람을 가로막는 무언가가 있을 수 있을 것이다. 내 경우, 지금은 저 망할 놈의 망가진 두 대의 차가 인간관계를 가로막고 있는 것처럼 말이다.

한국에서는 관리인이 있는 깨끗이 정비된 아파트에서 살다 보니 경험해 볼 수 없는 일인 것 같기도 하다. 아마도 영국에서 산다고 하면, 예쁜 가든이 있는 주택에 이웃들과 티타임도 갖고 어울려 산다고 생각하는 사람도 있을 것이다. 이 나라가 그런 나라인 것은 맞다. 단지 내가 운이 조금 없는 편일 수 있다. 그리고 내가 좀 옹졸할 수도 있다. 하지만 어쩌랴 저 찌그러진 두 대의 자동차로 인해 닫혀 버린 내 마음이 쉽게 열리질 않으니…. 어디나 어쩔 수 없는 의외의 변수는 있기 마련이다. 영국에는 생각보다 많은 사람이 집에 쓰레기를 쌓아 놓고 그 무게를 버거워하며 고통 속에 살아가고 있다. 버리지 못하는 사람들… 어쩌면 치료를 필요로 하는 건지도 모를 일이다. 분명한 거는 그것 때문에 가로막히는 인간관계가 있다는 것이다. 악순환의 반복이다. 사회가 건강해지려면 사람들의 정신이 건강해야 한다.

떠나기 좋은 곳

"우리는 Culture Vulture인가 아니면 Sun Worshiper인가.

그 중간쯤 어딘가에서 타협한다면

모두가 만족하는, 휴식과 호기심을 다 채울 수 있는

균형 잡힌 여행이 되지 않을까!"

영국에서 해외여행 가기

영국에 살면서 좋은 점 중의 하나는 유럽 여행을 저렴하게 할수 있다는 것이다. 우리가 영국에 왔던 초창기만 해도 파운드 환율이 유로보다 많이 높아서 영국 여행보다도 유럽 여행하는 게 더 저렴했었다. 그래서 그 당시에 영국 사람들도 영국 여행 보다는 해외로 여행을 더 많이 나가곤 했었다. 우리 가족도 역시 빠듯한 살림에도 유럽 여행을 참 많이 다녔다.

가장 간편한 해외여행은 런던에 있는 세인트 판크라스역에서 해저터널로 대륙과 연결되는 유로스타 기차를 타고 가는 여행 일 것이다. 복잡한 공항수속을 하지 않고 운전도 필요 없는 대륙으로 넘어가는 가장 빠르고 쉬운 길이다. 이 기차를 타면 파리도 하루 만에 다녀올 수 있다. 그래서 영국의 세컨더리 스쿨에(중·고등학교)는 프랑스어 현장실습을 위하여 하루 동안 파리에 다녀오는 프로그램 같은 것도 있다.

해외여행을 가는 또 다른 방법으로, 배를 타고 대륙으로 건너가는 방법도 있다. 잉글랜드 남동쪽 도버(Dover)항에서 프랑스

칼레(Calais)까지 운행하는 카페리(Car ferry)가 있다. 물론 거기까지 다른 교통편을 이용해서 갈 수도 있지만 자동차를 가지고 가면 훨씬 편리하다. 영국에서 사용하는 차를 배에 싣고 프랑스에 내려서 유럽 국가들을 여행할 수가 있다.

그리고 저가항공사를 이용해서 유럽 여행을 할 수도 있다. 히드로 공항이 아닌 영국의 중소도시 공항에는 저렴한 가격에 유럽 전역으로 취항하는 항공사들이 많다. 일찍 티켓을 끊으면 30파운드에도 유럽의 유명 도시들을 갈 수 있다. 여행을 좋아하는 사람이라면 무시하기 어려운 유혹이다.

지독한 여행광인 남편 덕에 완전 방안 통소인 나도 어쩔 수 없이 남부럽지 않게 여행을 다녔다. 아니 사실 '끌려다녔다'가 옳은 표현일 것이다. 유로스타 타고 파리도 가고 Dover에서 자동차를 싣고 벨기에, 네덜란드도 갔었다. 저가항공사인 Easy Jet이나 Ryan air를 타고 독일, 덴마크, 네덜란드, 스위스, 이탈리아, 오스트리아, 포르투갈, 불가리아, 헝가리 등등 하여튼 많이도 다녔다.

그리고 기억하고 싶지 않은 모!로!코! 모로코가 있었다. 그래. 모로코도 갔었다. 모로코를 어떻게 가게 되었나. 흠. 그게 이렇게 된 이야기다.

스페인 말라가에 여행을 갔을 때다. 스페인의 휴양지 중에는 영국인들이 개발해서 영국인들에게 홀리데이 홈으로 분양한 곳들이 많이 있다. 우리가 머물게 된 아파트도 영국인이 주인인 그런 아파트 중의 하나였다. 유럽인들이 하루 종일 수영장에서 수영하고 책 읽고 비치에 가서 누워 있다 오는 그런 곳이다. 저녁이 되면 멋지게 차려입고 디너를 먹는 전형적인 영국인 휴양지였다. 심지어는 BBC까지 송출되는 곳이다. 그런데 우리가 누구인가. 우리는 한국인! 이런 곳에 왔다고 누워만 있을 수는 없지 않은가. 자동차를 렌트해서 근처 유명한 관광지인 론다, 알함브라 궁전, 그라나다, 세비야 그리고 투우 경기관람까지 매일매일 스케줄을 빡빡하게 채웠다. 하루 종일 운전하며 관광을 하다가 해가 지기 전에 아파트에 돌아왔다. 그리고 아파트로 들어오자마자 허겁지겁 수영복을 갈아입고 아파트 내에 있는 야외수영장에 가서 어두워질 때까지 놀았다. 놀고 싶은 모든 욕심을 다 채우려고 하였다. 그러고도 모자라서 남편은 아프리카 땅을 밟아 보자고 긴급 제안을 했다. 나도 얼떨결에 남편의 유혹을 못 이기고 동의하고 말았다.

스페인 남서부이자 지브롤타 해협 북동부에 위치한 스페인항구 알헤시라스에서 아프리카 최남단 스페인령인 Ceuta로 가는 페리가 있다고 했다. 페리를 타고 Ceuta로 가서 모로코 반나절

탐방을 하고 귀환하자는 것이었다.

그렇게 우리는 갑작스럽게 스페인과 모로코의 국경에 도착했다. 페리에서 내리자 관광객들을 기다리고 있던 한 택시 기사가 다가왔다. 자기가 모로코 투어를 해 주겠다고 한다. 흥정을 시작한다. 우리는 아무것도 모르는 관광객이다. 그 자리에서 적절한 가격인지 아닌지 모를 거래가 이루어졌고 우리는 6살, 7살 두 아들을 데리고 졸지에 이 모르는 아저씨에게 운명을 맡겨 버렸다. 정신을 차려 보니, 어느새 우리가 탄 택시는 모로코로 가는 국경 줄에 서 있었다.

모로코에서 스페인으로 가려던 사람들이 리젝트(거절)를 받고 울면서 모로코로 돌아가는 사람들이 보였다. 톨게이트 같은 국경에는 걸어서 통과하는 사람들, 택시를 타고 통과하는 사람들이 줄지어 서 있다. 국경을 통과하기 전에 기사가 돈을 좀 달라고 했다. 뇌물을 주어야 빨리 통과가 된다는 것이다. 어쩌겠는가. 무조건 주는 수밖에 없었다. 남편이 요구한 돈을 기사에게 건네주고 기사는 그걸 또 국경 직원에게 주었다. 국경에 총을 든 군인들이 엄숙한 표정으로 우리 차 옆으로 왔다 갔다 한다. 우리는 최대한 불쌍하고 순진한 표정을 지어 보였다. 심장이 오그라들었다. 군인들이 입은 군복이 언젠가 영화에서 본 쿠바의 게릴라군들을 생각나게 했다. 나는 겁에 질려 그냥 여행이고 뭐고 다 포기하고 스페인으로 돌아가고 싶었다. 근데 아뿔싸 뇌물을 주자 바로 통과되어 버렸다. 택시는 그 뒤로 황폐한 사막을 모래바람을 날리며 달려갔다. 아무것도 없는 사막이다. 신기하게 지붕이 없는 집들이 간혹 보였다. 비는 어떻게 피하나 걱정하며 갔었던 거 같다. 그런데 그곳은 비가 거의 오지 않는 곳이란다. 가는 길에 오만가지 생각이 들었다. 이게 도대체 뭐라고! 아프리카를 찍고 싶다는 단순한 열망으로 온가족이 너무 큰 위험을 무릅쓴 느낌이 들었다. 이미 늦은 후회였다. 어쩌겠나. 이제는 그냥 고(go)다. 이 정도로, 남편은 정말 호기심 많은 컬처 버처(culture vulture)다. 그렇게 생판 모르는 모로코 운전사를 따라서 반나절 동안 건조한 도시 투어를 하고 모스크를 배경으로 찍은 사진 몇 장을 가지고 스페인으로 무사 귀환을 했다. 우리가 간 곳이 어디였는지도 잘 기억나지 않는다. 아마도 국경을 통과하자마자 있었던 Fnideq라는 도시였던 것 같다. 하여튼, 이런 걸 십년감수라고 하나 그런 느낌이었다. 나는 이제 더는 이런 무모한 여행은 안 할 거라 다짐을 하였다.

하지만 어느새 우리는 피레네산맥을 차를 타고 넘어가고 있었다. 그때 우리가 론다를 가고 있었나⋯. 어디를 가는 건지는 잘 기억나지 않는다. 가드레일도 없는 산등성의 비포장 일 차선

도로를 끝없이 올라갔다. 산 위에서 본 광활한 산맥이 사진에서만 본 그랜드캐니언같이 생겼다고 생각했다. 나는 피레네산맥이 이토록 광활하고 무서운 자연인 줄은 몰랐었다. 한 끗 차이로 잘못하면 낭떠러지로 떨어지는 길이었다. 지나가는 사람도 차도 없었다. 남편은 이 산을 끝까지 올라가면 분명 건너편으로 넘어가는 길이 나올 거라고 했다. 자동차가 가파른 길을 올라가다 멈췄다. 시동이 꺼졌다. 가다 서다를 반복했다. 오랜만에 수동자동차를 운전하는 남편은 시동을 꺼뜨리기가 일쑤였다. 나는 너무 무서워서 울면서 부들부들 떨고 있었다. 그리고 나의 기대와 남편의 예상과는 다르게 '군사 분계선'이 나왔다. 여기부터는 더 이상 갈 수 없다는 푯말이 있었다. 막다른 1차로 산 정상에서 어떻게 다시 차를 돌려서 내려왔는지는 기억에 없다. 산 정상에서부터 중간쯤 내려오니 차를 세울 공간이 보였다. 나는 남편에게 차를 세우라고 했다. 그리고 차 밖으로 나와서 광활한 피레네산맥을 바라보며 엉엉 울어 버렸다.

그 뒤로 그렇게 무모한 여행은 없었다. 그래도 한동안 우리 여행은 여전히 어딘가를 콕 찍어야 직성이 풀리는 한국인의 여행이었다고 보면 되겠다. 어느덧 영국 생활도 18년차가 넘어가고 있었다.

영국의 홀리데이 패키지여행

- 그리스 로도스(Rhodes)섬

패키지여행은 신혼여행 말고는 해 본 적이 없는 남편이, All Inclusive(모든 비용 포함) 블라블라 하는 여행사의 패키지 광고를 보고 있었다. 남편은 며칠 동안 패키지여행에 관한 연구를 하는가 싶더니, 홀리데이 패키지여행을 덜컥 부킹해 버렸다. 이제 곧 부모 곁을 떠나서 자립할 아이들과 조금이라도 더 색다른 추억을 만들고 싶다며 말이다.

노팅엄의 외곽, 이스트 미들랜드 공항에서 그리스의 로도스 섬으로 가는 직항을 타고 간단다. 오랫동안 유럽 여행을 다니며 이 공항을 이용했었는데도 눈치채지 못했었는데 놀랍게도 공항은 홀리데이 패키지여행사의 전용 카운터들이 반 이상을 차지하고 있었다. 새삼 영국인들이 왜 홀리데이에 진심이었는지 그리고 그런 만큼 이 나라 홀리데이 산업이 엄청 나겠구나 하는 생각이 들었다. 체크인을 하고 수속을 밟고 탑승구로 갔다. 유럽의 여느 저가항공사와 마찬가지로 공항 내에서 바로 비행기를 타는 보딩 브릿지(공항에서 비행기를 연결하는 탑승통로)는 없었다. 공항버스는 우리를 비행장에 대기 중인 여행사 로고가 새겨진 전용기 앞에 내려줬다. 우리는 비행장의 거친 찬바람을 맞으며 이동식 탑승계단에 올랐다. 물론 우리에게는 대통령의 해외순방처럼 손 흔들어 주는 사람도 레드카펫도 없지만 말이다.

승무원의 안내로 지정된 좌석에 앉으니 TV에서 많이 들은 귀에 익숙한 노래가 나온다.

"~Hold my hand~~ Oh, won't you hold my hand?~"

이륙할 때까지 무한 반복되는 노래가 마치 우리나라 관광버스 뽕짝 메들리의 서양 버전처럼 들렸다. 떠들썩한 관광버스를 탄 느낌이 너무 서민적인 것 같아서 웃음이 났다. 몇 번을 들었는지 모를 그 노래가 멈추면서 드디어 기장이 방송을 한다. 비행기가 현지 날씨 사정으로 조금 늦게 출발할 예정이란다. 그래서 기다리는 동안 조종석(Cockpit)을 체험하는 기회를 주겠다고 한다. 승객들이 하나둘 느린 걸음으로 조정석에 들어가려고 줄을 섰다. 장성한 우리 두 아들도 줄을 섰다. 그리고 잠시 후 조종석에 앉아 조정사와 손가락으로 브이를 그리며 잇몸을 드러내고 환하게 웃는, 인생에서 한 번 가져 볼까 말까 한 아주 특별한 기념사진을 가지고 돌아왔다. 막 이륙한 비행기는 초고속 익스프레스 비행으로 시간을 따라잡아 보겠다는 기장의 말 그대로 로켓처럼 날아서 원래 도착 예정 시간에 맞추는 기염을 토했다. "Hooray! Hooray!" 비행기가 그리스에 착륙하는 순간 모든 승객들이 환호하며 박수를 쳤다. 마치 축제의 시작을 알리는 의식과 같았다.

보더 콘트롤에서 줄을 서서 입국심사 차례를 기다리며 주위를 둘러보니 모두 같은 비행기를 탄 같은 여행사 승객들이다. 열에 아홉은 반바지에 샌들 같은 편한 휴가지 옷차림이었다. 다들 집에서 입던 그대로 나온 모습 같았다. 공항 갈 때면 말쑥한 한국인의 공항 패션과는 사뭇 달랐다. 수속을 마치고 나오니 팻말을 든 여행사 직원들이 우리를 기다리고 있다. 직원이 들고 있던 파일에서 우리 일행의 이름을 체크하고 우리가 묵을 호텔로 가는 버스를 안내해 줬다. 버스를 타고 한 시간여 가니 우리가 묵을 호텔 앞이다. 아무 고민 없이 안내자를 따라서 이동만 하면 되는 이런 쉬운 여행이 있다니…. 어리둥절하면서도 여태 힘들게 다녔던 우리 여행을 생각하니 황당한 마음이 들었다.

우리는 호텔 측에서 늦은 밤 도착한 손님들을 위해서 미리 준비해 놓은 샌드위치를 반갑게 들고 예약한 객실로 향했다. 푸른 그림자를 드리운 달빛과 군데군데 정교하게 배치된 조명 빛에 반사된 수영장, 그 아른거리는 물결과 메디터레이니언 하얀 건물의 아름다움에 '와' 하고 저절로 탄성이 나왔다. 방에 들어서자마자 커튼을 열었다. '어머나!' 바로 앞이 백사장이다. 바다가 한눈에 들어왔다.

다음 날 아침, 발코니에 나가 보니 벌써 비치(Beach)에 사람들로 가득하다. 썬 베드에 누워 있는 사람들, 책을 읽고 있는 사람들이 보인다. 모두 절대적으로! 가릴 곳만 가린 채 릴랙스 모드 온(On)이다. 본능적으로 사람들 몸에 시선이 갔다. 그런데 다행스럽게도! 이곳에서는 남편한테 늘 페르시안의 비너스라고 놀림을 받는 나 정도면 비교적 날씬한 편이라고 해도 무방하겠다. (사실 그것은 순전히 내 착각인지도 모른다.) 우리는 슬슬 호텔 시찰을 나갔다. 뭐니 뭐니 해도 구경은 사람 구경 아니겠는가. 수많은 사람 중에 동양 사람은 오직 우리뿐이다. 여긴 99.9% 백인이다. 우리가 런던, 파리, 로마를 뚜벅뚜벅 발로 다닐 때 영국인들은 다 이런 곳에 있었구나 생각하니 왠지 모르게 약이 올랐다.

뷔페식당 포함하여 이탈리아와 중국 식당 등 4개의 식당이 있었다. 수영장 건너편에 있는 메인 식당은 수영장과 수영장을 연결하는 낮은 아치형의 다리를 건너가야 했다. 발길이 닿는 곳마다 먹을 수 있는 곳이 있고 쉴 수 있는 라운지가 펼쳐져 있었다.

호텔 전용 비치 중간중간 스낵바가 있어 간단한 샌드위치나 음료를 먹을 수도 있다. 호텔에는 휴가를 즐기는 투숙객들의 흥을 돋워 주는 스텝들도 있다. 그들은 수영장 주변에서 음악도 틀어 주고 댄스 타임도 진행한다. 아이들과 함께 워터파이트도 하고 수구도 한다. 저녁에는 늦게까지 유흥을 돋우는 음악과 가라오케 타임도 있다.

비치가 보이는 식당에서 한가롭게 모닝커피와 조식을 먹고, 방에 가서 쉬다가, 수영도 하다가, 비치도 걷다가, 또 점심을 먹고 쉬다가, 저녁을 먹고서 쉬다가, 그렇게 종일 쉬다 비치 앞에 있는 바에 가서 칵테일 한 잔씩을 했다. 나는 Sex On The Beach!를 주문했다. 무언가 일탈을 꿈꾸는 릴랙스한 라이프 스타일에 딱 어울리는 이름 아닌가. 물론 무알코올이지만 말이다. 우리 가족은 먹고 마시고 쉬기만 하는, 리조트에 온 지 하루 만에 몸이 근질근질해지기 시작했다. 여유도 부려 본 사람이나 부릴 수 있는 것인지 주어진 완벽한 자유의 시간을 어떻게 써야 되는지 몰라 어리둥절했다.

그 지루함을 못 이기고 결국 다음 날, 배를 타고 근처의 고대 도시를 보는 하루짜리 투어를 신청했다. (호텔에는 매일 다양한 투어 프로그램이 있다.) 호텔에서 버스로 출발하여 배를 타고 목적지까지 갔다가 다시 호텔로 데려다주는 프로그램이었다.

예약한 작은 유람선의 창가에 자리를 잡고 앉아서 파도가 출렁출렁 흘러가는 것을 바라보며 항해를 즐기고 있는데 어느새 배가 서서히 작은 바위섬 앞에 멈추며 안내방송이 나왔다. 이곳은 안소니 퀸이 나오는 영화를 찍었던 장소이며 여기서 한 시간 바다수영을 하고 다시 출발한다는 얘기였다. 옆에 앉아 있던 사람들이 주섬주섬 수영복으로 갈아입고 바닷물에 거침없이 풍덩 뛰어들었다. 수영에 자신 없는 사람은 물에 뜰 수 있는 보조도구를 가지고 들어갔다. 에메랄드빛 바다가 햇볕에 반사되어 물결 칠 때마다 반짝반짝 빛이 났다. 수면 아래 있는 바위와 물고기가 다 보일 만큼 맑고 푸른 에게해에 몸을 던진 우리 집 세 남자의 얼굴에 행복이 가득했다. 바다수영이라니! 그것도 에게해에서. 상상조차 해 본 적 없는 장면이었다.

그렇게 꿈같은 수영이 끝나고 다시 배를 타고 모든 건물이 새하얀 도시 린도스(Lindos)에 도착했다. 도시 어디에서나 사진을 찍어도 화보같이 나오는 그림 같은 곳이었다. 꼬불꼬불 골목길마다 아기자기한 기념품을 파는 상점들과 음식점들, 섬 정상까지 타고 올라갈 수 있는 귀여운 당나귀들과 마부들이 보였다. 우리는 섬을 한눈에 내려다볼 수 있는 전망 좋은 카페에서 구름 한 점 없는 푸른 하늘과 그보다 더 푸른 바다와 하얀 도시를 마음에 가득 담았다.

　넷째 날은 호텔 앞에 있는 렌터카 회사에서 자동차를 빌렸다. 계획 없이 마음이 가는 대로 섬을 돌았다. 흔적만 남은 고대 유적지도 보고 산꼭대기에 있는 공작새들이 사는 수도원에도 방문하였다. 갈보리길이라고 명명한 오솔길같이 좁고 긴 길 양옆에는 예수께서 십자가에 못 박혀 죽으신 과정의 이야기가 조각(부조)으로 만들어져 있었다. 그 길 끝에 커다란 십자가 동상이 산 아래 평화로운 마을을 내려다보고 있었다. 이곳이 요즘에야 홀리데이 휴양지로 유명한 곳이지만, 2천 년 전 로마서의 저자 바울이 기독교를 전하러 왔었다는 역사적인 곳임이 느껴졌다.

　자동차로 반나절 여유롭게 해변을 따라 섬을 돌아보고 호텔로 돌아와서 저녁을 먹었다. 마치 뷔페에 가면 많이 먹어야 이득일 것 같은 무식한 생각처럼 이곳에서의 시간을 가득 채워야 하는 압박감이 조금 들었던 것 같다. 우리가족은 비치 가까운 바에 가서 음료수를 시켜놓고 이그조틱한 파라솔이 있는 테이블에 둘러앉았다. 며칠 동안 보아서 눈에 익은 고양이 한 마리가 다가왔다. 호텔에는 투숙객들이 주는 음식을 먹고 사는 고양이들이 도처에 널려 있었다. 빵조각을 손으로 뜯어서 입에 먹여주려고 하니 싫다고 그냥 바닥에 놓으라고 손짓을 한다. 그래서 바닥에 놓아 주니 그제야 먹는다. 모든 것이 풍성한 이곳에서는 고양이도 시크하다.

바쁘게 돌아다니는 여행에 익숙한 탓일까. 계획 없이 보내는 시간이 주어지니 평소 느리게 산다고 자부하는 나조차도 가만히 있기가 쉽지 않았다. 그렇게 우리에게는 조금 어색한 며칠 동안의 천국 같은 홀리데이가 끝났다

나는 언제나 가는 길만 다니는 사람이다. 나는 익숙한 맛, 익숙한 일, 익숙한 환경에 편안해하는 사람이다. 나는 집안을 가꾸고 손님 초대를 좋아하며 여유로운 티타임을 즐긴다. 반면에 남편은 새로운 것을 시도하는 걸 좋아하는 사람이다. 매일 다니는 출근길조차도 오늘은 왼쪽 길로, 내일은 오른쪽 길로 다니는 사람이다. 그는 처음 가는 곳으로 가는 여행을 좋아한다. 게다가 계획하면 바로 실행에 옮겨 버린다. 하나하나 인생의 버킷리스트를 채워 가는 사람이다.

이러니 우리 부부의 여행 스타일이 서로의 기대와는 다르게 극과 극 체험이었던 것이 당연한 일이었다. 로도스 여행은 우리에게 휴가와 여행이라는 어쩌면 상충되는 두 가지 개념을 생각해 보는 계기가 되었다. 우리는 Culture Vulture인가 아니면 Sun Worshiper인가. 그 중간쯤 어딘가에서 타협한다면 모두가 만족

하는, 휴식과 호기심을 다 채울 수 있는 균형 잡힌 여행이 되지 않을까! 유럽에서 동이 트기 전에 어슬렁어슬렁 도시를 걸어 다니는 사람들은 오직 한국인 관광객이라는 우스갯소리를 들은 적이 있다. 우리 가족이 유럽에서 처음으로 경험해 본 홀리데이 패키지여행은 휴가조차도 무언가를 채우기에 급급한 우리의 여행 스타일에 대해서 진정한 휴식이라는 관점에서 다시 생각해 보게 했다.

북아일랜드 여행기

　북아일랜드(Northern Ireland)는 나에게는 오랫동안 미지의 땅이었다. 영국에 살면서 유럽을 옆 동네 가듯이 다니면서도, 같은 영국인 북아일랜드에 가는 게 참 어려운 곳이었다. 그것도 그럴 만한 게 북아일랜드는 국내 여행임에도 불구하고 비행기를 타거나 배를 타고 가야 하는 번거로움은 물론이고 교통비와 시간이 유럽을 가는 곳보다도 훨씬 더 드는 곳이기 때문이다. 한국 사람 입장에서는 유럽의 다른 한 나라라도 더 가보는 게 같은 값이면 더 남는 느낌이었다. 그래서 두고두고 가 봐야지 하면서도 숙제처럼 남겨두었던 곳이다. 마침 대학에 계시는 남편의 형이 안식년을 맞이하여 영국에 방문하신다고 하여 어디를 모시고 갈까 하다가 우리 부부에게 마지막 보루인 북아일랜드를 형님네 부부와 함께 가게 된 것이다.

　잉글랜드에서 북아일랜드를 가는 두 가지 방법이 있다. 하나는 비행기를 타고 가는 것이고 다른 하나는 배를 타고 가는 것이다. 우리는 비틀즈의 고향, 리버풀(Liverpool)까지 가서 배를 타고 가는 방법을 택했다. 일단 공항 수속이 없어서 간편하기도 하거니와 우리 차를 싣고 가면 도착해서 차를 빌리는 번거로움도 덜 수 있고, 또 배에서 하루를 자고 가며 크루즈를 타는 느낌으로 형님네 가족과 즐거운 시간을 보낼 수 있을 거란 생각이었다.

리버풀에서 카페리(Car Ferry) 선착장에서 자동차를 타고 배에 승선하였다. 페리는 화려하지는 않지만, 기본적인 것들이 가능한 시설이었다. 식당 칸이 있고 갑판이 있고 선실들이 있었다. 가격에 따라 안쪽(Inside) 방, 바깥쪽(Ocean View) 방, 발코니가 있는 디럭스룸 등 차등이 있다. 우리는 바다가 보이는 바깥쪽 방을 예약했는데 전혀 답답하지 않고 깨끗하고 좋았다. 작은 호텔에 온 듯한 느낌을 받았다. 벨파스트까지는 8시간가량을 가야 한다. 배에서 머무는 시간이 많아 이제부터 배 안에서 쉬면 된다고 생각하니 긴장이 풀렸다.

갑판 위로 올라갔다. 리버풀이 멀어져 가고 있었다. 밤의 리버풀이 참 아름답다. 바닷바람을 맞으며 누가 볼까 잠시 장난스럽게 〈타이타닉〉의 주인공처럼 흉내를 내보았다. 그리고 바다가 보이는 창 옆, 페리 식당 칸에서 형님 부부와 앉아서 스낵과

맥주를 마시며 이런저런 얘기를 나눴다. 배에 승선하자마자 샤워를 해서 그런지 노곤한 게 바다가 더 평화롭게 느껴졌다.

선실로 내려가서 잠시 눈을 붙였는데 어디선가 음악 소리가 들렸다. 아침이었다. 동그란 창의 블라인드를 여니 해가 뜨고 있었다. 선실에서 자는 동안 북아일랜드 탐험을 할 체력이 충전된 기분이었다. '이런 여행 참 괜찮다.'라는 생각을 했다. 재빨리 샤워하고 나오니 벨파스트에 거의 다 왔다는 안내방송이 나왔다. 자동차가 있는 주차 칸으로 내려가 하선을 할 준비를 했다. 자동차에 앉아 호기심 어린 눈으로 창밖을 보았다. 배가 벨파스트에 정박하고 있었다. 두구두구 두구 둥둥 심장이 빠르게 뛴다. "드디어 벨파스트다. 야호!" 자동차가 사뿐히 육지에 내렸다.

"하하하하. 어머어머, 얘네들 지금 난리 났어."

한 무리의 양 떼들이 우리 차 앞에서 달려가고 있었다. 양들은 좁은 길가에서 풀을 뜯어 먹고 있다가 갑자기 뒤에서 차가 오는 것을 보고 놀라서 도로 위를 마구 달리기 시작했다. 엉덩이가 씰룩씰룩 총총총총 바쁘게 뛰는 모양이 어찌나 웃음이 나고 귀여웠는지 모른다. 그날 우리는 벨파스트 토르 헤드(Torr Head)로 가는 길, 사람의 발길이 없는, 양들의 땅의 침입자였다.

일정이 길지 않아 엔트림 지역을 중심으로 여행하기로 하였다. 토르 헤드는 북쪽으로 올라가는 해안선을 따라가는 우리의 첫 번째 여행지였다. 양들이 길을 안내하는가 싶더니 요번에는 검은 소들이 합류하였다. 우리는 차가 더 이상 갈 수 없는 곳까지 들어가서 멈추었다. 몸무게가 수백 킬로는 될 법한 덩치 큰 소들이 우리 차 옆에 몰려들었다. 영역 표시를 하는 것인지 차 주변에 갑자기 털썩 똥을 싸고 소변을 갈긴다. 우리는 소들을 쫓으며 차에서 내려서 가파른 절벽으로 올라갔다. 사방이 똥밭이다. 우리는 똥을 피해서 마치 우리가 염소라도 되듯이 폴짝거리며 절벽 위까지 올랐다. 여행 내내 비가 올 거라는 일기예보가 무색하게 구름 한 점 없는 화창한 날씨였다. 푸른 하늘과 맞닿은 푸른 대서양이 한눈에 보였다. '아! 너무 아름답다!' 가슴이 벅차올랐다. 이렇게 맑고 아름다운 곳을 동물들만이 누리며 살고 있다니…. 참 아이러니라는 생각이 들었다. 인간들은 늘 자연을 그리워하면서도 정작 도시에서 살고 있는데 말이다.

바람이 평온한 푸른 하늘 위로 푸른 바다 위로 갈매기들이 끼룩끼룩 날아다녔다. 꼬불꼬불 앞이 보이지 않는 좁은 길을 들어가며 이곳에 뭐가 있을까 의아해하며 왔는데 실망시키지 않았다. 인간의 손이 닿지 않은 천혜의 자연이 이런 곳인가. 우리 말고는 아무도 없었다. 아름다운 절경에 모두의 얼굴이 행복하다.

어릴 적 다툼이 많았다던 형제가 지긋한 중년이 되어서 함께 웃었다. 토르 헤드가 그렇게 만들었나 보다.

둘째 날은 자이언트 코즈웨이(Giant's Causeway)에 갔다. 방문자 센터에서 운영하는 버스가 있었다. 이 버스는 내셔널 트러스트 멤버들에게는 무료이다. 나와 남편은 내셔널 트러스트 멤버의 혜택으로 콩나물시루 같은 버스를 무료로 탔다. 토르 헤드와는 사뭇 달랐다. 북아일랜드에서 가장 인기 있는 관광지 중 하나답게 사람들로 북적댔다.

육각형의 돌기둥 절벽들이 이어지며 바다 밑으로 사라지는 징검다리를 형성하고 있었다. 자연이 만든 것이라고는 상상이 되지 않는 기이한 형태였다. 고대 화산 폭발의 결과로 만들어진 현무암 기둥(40,000개)이 육각형의 모양으로 레고블록처럼 쌓여 있었다. 바다가 맞닿은 해변에 있을법하지 않은 비현실적 장관이었다. 어찌 보면 거대한 설치미술 같기도 하였다.

이 자이언트 코즈웨이에는 재미난 전설이 있다. 방문자센터에서 보여 준 애니메이션에 의하면 게일 신화에 등장하는 전설의 아일랜드 거인 Fionn이 스코틀랜드 거인 Benandonner의 도전을 받아들여 북해협을 가로지르는 길(육각형의 돌기둥)

을 만들어 두 사람이 만날 수 있도록 하였다. 그런데 Fionn은 Benandonner가 자신보다 훨씬 큰 거인이라는 것을 뒤늦게 깨닫고 그가 집에 도착하기 전에 아기로 변장하여 요람에 누워 아기인 척 흉내를 냈다. 마침내 Fionne의 집에 도착한 Benandonner가 요람을 열어 보고 아기의 크기를 보고 놀라며 아기도 이렇게나 큰데 그의 아버지인 Fionn은 훨씬 더 큰 거인임이 틀림없다고 생각한다. 그는 겁에 질려 스코틀랜드로 도망치면서 Fionn이 뒤쫓을 수 없게 코즈웨이를 파괴해 버렸다는 얘기다.

실제로 전설이 사실인 것처럼 바다 건너 스코틀랜드 스태파섬의 핑갈 동굴에 동일한 현무암 기둥(동일한 고대 용암 흐름의 일부)이 있다고 한다. 어쩌면 꼭 전설이 아니라고 해도 그곳과 연결된 길을 누군가가 만들었을 거라고 나는 생각했다. 코즈웨이의 6각형 5각형 7각형의 도형들이 자연현상이라고는 도저히 믿어지지 않았기 때문이었다.

사흘째 방문한 Carrick-A-Rede Rope Bridge는 로프로 된 다리이다. 이 다리는 섬이라고도 부르기도 애매한 작은 카리카레데(Carrick-A-Rede)섬과 본토를 연결하고 있는 다리이다. 길이 20미터에 높이는 30미터라고 한다. 다리 양쪽 주변으로 안전요원들이 오고가는 사람의 숫자를 통제하고 있었다. 이 역시 내셔널 트러스트가 소유하고 유지하고 있다. 멤버가 아니면 입장료가 있다.

고소공포증이 심한 나는 다리 바로 앞에서 수십 미터 높이의 바다 위를 가로질러 건너가는 걸 포기했다. 남편과 형님 부부가 출렁거리는 다리를 양옆의 로프를 잡고 천천히 건너가는 게 보였다. 멀리서 보기만 해도 다리가 다 후들거렸다. 새들만이 사는 건너편 작은 바위섬에 사람들이 도착하는 게 보였다. 그런데 남편이 보이지 않았다. 내가 서 있는 쪽에서는 보이지 않는 섬 뒤쪽으로 갔나 보다. 나는 고개를 빼꼼 내밀고 오매불망 우리 일행을 기다렸다. 한참이 지나서야 남편이 다리 쪽으로 다시 나오는 게 보였다. 내 마음을 아는지 모르는지 섬에 갔다가 무사히 귀환하신 남편과 형님 부부의 얼굴이 싱글벙글하였다.

짧은 일정이었지만 북아일랜드 여행은 정말 가슴 벅찬 순간들이 많았다. 의외로 우리에게 다가왔던 동물들도 기억에 많이 남는다. 토르 헤드에서 만났던 양들도 소들도 우리를 처음부터 반겨주었던 에어비앤비 숙소의 두 마리 강아지도 잊을 수가 없다. 처음 우리가 숙소가 있는 농장으로 들어섰을 때부터 강아지들은 호스트가 사는 안채의 집에서 우리의 숙소까지 허겁지겁 요란스럽게 뛰어왔더랬다. 한 녀석은 어찌나 반가운지 먹던 음식을 다 먹지도 못하고 뛰쳐나와서 입에서 마른사료가 이빨이 빠지는 것처럼 뚝뚝 떨어지고 있었다. 호스트가 "Charles! Charles!"라고 부르는걸 보고 납작코 강아지가 '찰스'라는 걸 알았다. 우리가 찰스에게 애정을 보이는가 싶으면 시샘을 하며 달려와 자기 몸을 우리 다리에 기대며 스킨십을 갈구하던 갈색 털의 보더콜리도 웃기는 녀석이었다. 우리가 숙소를 나가고 들어올 때마다 먼저 와서 반겨주어서 정이 많이 든 친구들이었다.

숙소는 어쩌면 예전에 헛간이나 마구간이었던 곳을 코티지 형태로 개조한 집으로 운치가 있었다. 천장이 높은 거실의 벽난로 앞에 모여 불을 피우며 우리의 이야기꽃도 피어났다. 미리 준비해 온 음식으로 아쉬운 대로 고기도 구워 먹고 밥도 해 먹었다. 저녁이면 가볍게 한 잔씩 하며 우리 부부가 영국에서 살아온 좌충우돌 〈지붕 뚫고 하이킥〉 같은 얘기들, 가족 간에 있었던 오래 묻어 두었던 이야기도 나누었다. 그동안 몰랐던 서로를 더 알게 되어 감사한 시간이었다. 오랜 기다림 끝에 만난 북아일랜드가 더 오래오래 기억에 남게 되었다.

다시 여행 이야기를 하다 보니 찰스도, 우리 앞을 꽁지가 빠지도록 달리던 양들도, 바위섬 위에 머물던 갈매기들조차도 눈에 아련하다. 다들 잘 살고 있겠지…. 보고 싶다.

유스호스텔 이용하기

글렌리딩은 호수지방(Lake District) 울스워터의 작은 마을로 헬블린 마운틴을 오르는 등산객들에게 인기가 있는 출발지인데 그 풍경이 그림처럼 아름답고 평화로운 곳이다. 펜리스(Penrith) 유스호스텔은 글렌리딩에서 올려다보이는 산꼭대기에 있었다. 그곳에 가려면 가도 가도 끝이 없을 것 같은 비포장 자갈밭을 덜커덩거리며 꼬불꼬불 올라가야 한다. 자동차 한 대만 갈 수 있는 길이다 보니 앞에서 차가 온다면 무척 난감한 상황이라 마음이 조마조마했다. 한참을 올라가도 아무것도 보이지 않자 내비게이션이 길을 잘못 안내해 준 것은 아닌가 걱정되기 시작했다. 정말 이제 막다른 길이다 싶을 때까지 올라가니 돌로 된 집 한 채가 보였다.

예전에 석탄을 채굴하던 곳이었다고 하더니 정말 버려진 듯 황량한 산이 주차장 뒤편으로 보였다. 호스텔 건물보다 조금 높게 주차장이 있었는데 생각보다 많은 자동차가 주차되어 있어 놀랐다. 우리처럼 험하고 가파른 자길길을 다들 잘도 올라왔다는 생각을 했다. 건물 안으로 들어가 리셉션에서 체크인을 하고 나니 호스텔 직원이 작은 라디오 같이 생긴 포터블 배터리를 가져다준다. 우리가 묵을 랜드포드(Landpod)에는 전기가 들어오지 않는단다. 24시간 사용 가능하고 배터리가 다 소모되면 다시 사무실로 가져오면 새것으로 바꿔 주겠다고 한다.

　호스텔 직원을 따라서 건물 밖으로 나가서 나무계단을 올라가니 유스호스텔 건물보다 높은 지대에 있는 작은 캠핑 사이트가 보였다. 반달 모양의 랜드포드 두 채가 나란히 데크 위에 있었다. 오두막이라고 부르기가 아주 애매한 게 문을 열면 왼편으로 겨우 네 사람이 들어가서 잠만 잘 수 있는 2층으로 된 더블 침대가 있고 문 바로 오른쪽에 겨우 웅크리고 앉을 수 있는 등받이 없는 벤치가 벽에 있을 뿐이었다. 벤치 아래로 배낭과 음식물 등을 밀어 넣어 겨우 앉을 수 있는 공간을 확보하였다. 랜드포드는 통나무 구조물에 지붕은 천막으로 덮여 있어 바퀴 없는 마차 같다는 생각을 하였다. 곧바로 이층 침대로 올라가 엎드리니 침대 폭만 한 크기의 창문에 헤블린 마운틴이 한눈에 들어왔다. "WOW!" 나는 침대 위에서 턱을 괴고 창문 앞에 엎드렸다. 남편과 애들이 물건을 정리하느라 바쁜데 나는 아기처럼 침대 위에서 발을 동동 굴렀다.

"너무 좋아 너무 좋아!! 나 여기서 내려가지 않을 거야!"

사실 강아지와 함께 여행할 수 있는 숙소가 마땅치 않아서 처음으로 시도한 캠핑이었다. 강아지만 아니었으면 캠핑은 생각도 안 했을 텐데… 덕분에 우리 가족에게는 새로운 경험이었다.

나는 어릴 때부터 나만의 작은 공간을 가지고 싶어 했다. 나를 아늑하게 감싸 주는 듯한 작은 공간이 너무 좋았다.

다락방같이 작은 공간에 들어오니 어린 시절 소꿉놀이를 하는 기분이 들었다. 나는 어릴 적에도 큰댁에 가면 있는 할아버지, 할머니 방의 다락이 그렇게 좋을 수가 없었다. 벽장 계단을 올라가면 작은 하꼬방 같은 게 나왔다. 그 방에 들어가서 사촌 오빠와 언니들과 형사놀이, 의사놀이를 했다. 두 살 위의 사촌 오빠는 언제나 형사가 되거나 의사가 되었고 어린 나는 죄수나 환자 역할이었다. 사촌 오빠가 나에게 수갑을 채우는 형사로 변신하기도 하고 때로는 의사가 되어 내 배를 가르며 수술하는 시늉을 하기도 하였다. 그럴 때면 사촌 언니는 간호사가 되어서 의사를 도왔다. 재미난 우리들만의 공간이었다.

그런 기억 때문일까. 나는 유스호스텔의 작은 오두막에서 어렸을 때의 감성이 다시 살아나는 것 같았다. 이층 침대에 엎드려 건너편 산을 바라보며 남편에게 이거 달라 저거 달라 주문을 했다. 친절한 남편이 내가 너무너무 좋아하는 것을 보자 "쯧쯧."

하면서도 다 대령해 주었다.

　이층 창틀 위에 오렌지, 바나나 감자칩 등 간식거리와 커피와 차 등을 일렬로 정렬해 놓고 집에서 가져온 배터리 플래시도 천막에 있는 고리에 걸어 놓았다. 그리고 아까 직원이 준 포터블 배터리의 usb를 텐트에 있는 소켓에 꽂으니 천장 프레임에 있는 등에 불이 들어왔다. 그렇게 나만의 소꿉놀이가 잘 세팅되고 있었다.

　그런데 밖에서 남편이 나와 보라고 한다. 저기 저 아래로 내려가면 계곡이 있는데 아주 멋지단다. '계곡은 무슨!' 평평한 나라 영국에서 산만큼이나 보기 어려운 것인데… 나는 곧이들리지 않았지만 남편의 성화를 못 이기고 랜드포드를 나와서 나무로 된 계단을 내려갔다. 남편이 안내한 길을 따라 아래로 내려가니 길 양쪽으로 고사릿과의 식물과 이름 모를 풀들과 키 작은 부시(Bush)들이 내추럴한 자연과 어우러져 보기가 좋았다. 돌멩이를 한데 모아 화단과의 경계를 구분해 놓아서 길이 가지런하니 정돈된 느낌이었다. 그 길 끝 오른쪽에는 우리만 사용할 수 있는 전용 화장실과 샤워실이 있었다. (랜드포드마다 전용화장실이 따로 있다.) 건물 외부 벽에는 간이 싱크대와 식수도 있었다. 그 자그마한 건물을 지나서 아래로 더 내려가니 콸콸콸 큰 물소리가 들려왔다. 위에서는 보이지 않았던 계곡물이 커다란 바위들 사이로 흐르고 있었다. '와!' 탄성이 나왔다. 물줄기는 저 멀리 겹겹의 아름다운 산세를 타고 내려오고 있었다. 계곡 바로 건너편에는 헤블린 마운틴자락이 나지막한 병풍처럼 둘러져 있는 것이 가벼운 하이킹을 하는 사람들에게 좋아 보였다.

모처럼 영국에서 보기 드문 계곡 구경도 잠시, 나는 또 쏘옥 나의 아지트인 랜드포드로 들어가 이층 침대 창문 앞에 단단히 자리를 잡고 엎드렸다. 랜드포드 바로 앞에 있는 피크닉 테이블 옆에서 남편은 불을 피우고 아이들은 아빠의 감독 아래 호스텔 안으로 들락날락하며 필요한 식기류 같은 물품을 조달하고 있었다. 바쁜 남자들과 다르게 나는 이층 침대에 누워 헤블린 마운틴을 보며 뒹굴뒹굴 게으름을 피웠다.

"난 여기서 2박 3일간 안 나갈 테야."

시간이 얼마나 흘렀을까. 밥이 다 되었다는 남편의 외침이 들린다. "히히." 하며 멋쩍게 침대를 기어 나오니 고기가 마침 먹기 좋게 잘 구워져 있었다. 미리 준비해 온 쌈장이랑 고기랑 상추랑 밥이랑 싸 먹으니 꿀맛이다. 와이파이 없이 세상과 단절된 산자락 아래, 우리 집 남자들이 해 준 음식이 더 맛났다.

유스호스텔 하면 젊은이들이나 가는 곳이라고 생각할지 모르지만 사실 그렇지 않다. 유스호스텔에는 패밀리룸이 있어서 가족이 함께 이용할 수도 있다. 물론 그냥 텐트를 가지고 가서 저렴한 요금으로 캠핑을 즐길 수도 있고 글램핑, 랜드포드 같은 형태의 숙소를 이용할 수도 있다. 잉글랜드와 웨일즈 전역에 150개 이상의 유스호스텔(YHA)과 45개의 캠핑장이 있는데 멤버십에 가입하면 숙박마다 10%의 할인을 받을 수 있다.

경험상 무엇보다도 유스호스텔의 가장 큰 장점은 머무르는 숙소 자체나 가격의 저렴함에 있는 것이 아니라 그 위치에 있다. 비싸고 럭셔리한 호텔에서도 볼 수 없는, 정말 입이 닳도록 말을 해도 아깝지 않은 Incredible View가 있는 곳들이 대부분이다. 어떻게 이런 최고의 경치가 있는 위치에 건축 허가를 내주었을까? 이 점이 내가 늘 의아하게 생각하는 것 중의 하나이다. (어쩌면 비영리 단체에게 주어지는 특별한 혜택이 있지 않나 싶기도 하다.) 가격은 일찍 예약하면 저렴하지만 늦게 예약할수록 비싸진다. 방에 따라 가격도 천차만별이다. 그래서 예약한 날짜와 방에 따라서 저렴하게 이용할 수도 있고 비싼 호텔비만큼 큰돈을 지출해야 될 수도 있다. 유스호스텔이라고 해서 다른 숙박시설과 비교해서 저렴하지만은 않다는 얘기다.

남편은 정말정말 여행 마니아다. 그러니까 우리 가족은 5스타 호텔에서 1스타까지, 애어비앤비, 베드 앤 브렉퍼스트 등등 웬만한 숙박시설은 두루두루 이용해 보았다. 그런 나에게 여행의 특별한 묘미를 만드는 숙소를 꼭 하나만 꼽으라면 망설임 없이 유스호스텔이라고 말하겠다.

영국뿐 아니라 유럽 대륙의 유스호스텔도 대부분 위치가 좋다. 아픈 환자들이 가서 머물면 치료가 된다는 스위스의 다보스의 유스호스텔(YHA 멤버십만 있으면 이용할 수 있고 할인도 된다)과 빵과 음식이 훌륭했던 바젤의 현대식 유스호스텔도 기억에 남는 유스호스텔이다. 융프라우 중턱의 그린델발트(Grindelwald)의 유스호스텔은 눈앞에서 산이 쏟아질 것처럼 압도적인 전경이 숨이 막히게 아름다웠다. 오래된 산장 같은 느낌의 그곳은 리셉션룸에 피아노가 있어 우리 아이들과 다른 나라 여행자들이 함께 피아노를 치며 즐거운 시간을 가졌다.

영국 웨일스의 산꼭대기에서 바다를 조망할 수 있는 Pwll Deri 유스호스텔도 잊을 수 없는 장소이다. 어디나 마찬가지겠지만 아름답다고 정평이 난 곳은 높은 곳에 있다. 가파른 산을 끝까지 오르면 하얀 집이 있다. 소형 자동차를 타고 자갈이 깔린 주차장에 들어서는데 어찌나 바람이 거센지 자동차가 바람에 흔들거렸다. 밤새 바람 소리에 잠을 설치고 바닷바람에 건물이 날아갈 듯했지만 아침에 다이닝룸의 통유리 창을 통해 바라본 파노라마 오션뷰! 숨 막히는 바다 경치를 보고 싶다면 강력

추천이다. 그곳은 온전히 바다가 내 것이 되는 곳이다.

레이크 디스트릭트의 앰블사이드에 있는 유스호스텔의 경치는 말이 필요 없다. 전용 호수에 튜더 스타일 유스호텔이라니…. 호수 유람선인 증기선를 타고 지나면서 '다음 숙소는 바로 저곳이야.'를 외쳤던 곳이다. 윈더미어의 유스호스텔에서의 글램핑도 어메이징한 아침을 맞을 수 있는 곳이다. 밤새 텐트 안을 데워 주던 장작 난로에 불씨가 꺼질 무렵 다시 장작을 집어넣고 텐트를 나오니 시골 냄새가 저 멀리 굴뚝에서 모락모락 피어오르고 있었다. 어디선가 수탉이 '꼬끼오!' 울어댔다.

우리 가족이 영국의 유스호스텔을 통해 여행하고 실망스러운 곳은 없었다(도심에 있는 유스호스텔은 좀 다를 수 있다). 대부분 특성 있는 위치, 깨끗한 환경, 아름다운 경관 가운데 혼자 우뚝 서 있는 곳들이 많다. 나는 한국인들이 이 매력적인 유스호스텔을 너무 모르는 것 같아서 마구마구 알려 주고 싶다.

잉글리시 옛 귀족 집에서의 하룻밤

콜윅 홀 호텔(Colwick Hall Hotel)에서의 하룻밤은 내 생일을 맞아서 이벤트를 좋아하는 남편이 준비해 준 선물이었다. 집 근처에 예전 귀족의 집이 호텔로 개조되어 운영 중이고 근처 산책로도 이쁘다고 평소에 알고 있던 터라 한번 가 본다고 벼르면서도 가 보지 못했던 곳이었다. 뜻밖의 귀족 체험이다 싶어 반갑기도 하지만, 가까운 곳에 집을 놔두고 외지에서의 하룻밤이 마냥 즐겁지만은 않았다.

콜윅홀로 들어가는 길은 일자로 곧게 뻗은 가로수 길이었다. 가로수길 너머 오른편 강변에는 트랜트강을 관람하며 파인 다이닝을 즐길 수 있는 크루즈가 정박하는 Lodge가 있고. 왼편에는 푸른 경주로가 훤히 보이는 경마장이 있다.

산들산들 나무들로 청량감이 느껴지는 길을 따라 쭉 들어가니 붉은 벽돌로 된 콜윅 홀이 보였다. 2층짜리 중앙 블록을 중심으로 1층으로 된 블록이 양옆으로 날개처럼 펼쳐져 있다. 영국에서 흔히 볼 수 있는 형태의 컨트리 하우스다. 호텔 입구에 있는 정원의 중앙에는 다리가 긴 새조각상들이 긴 부리로 하늘을 향해 분수를 내뿜고, 중앙에 있는 기둥에는 아기천사들이 분수를 받들고 있다. 어디에서 왔는지 모를 청둥오리 두 마리가 신기하게도 이 작은 분수에서 놀고 있었다.

호텔 입구의 그리스 도리아식 투박한 기둥이 다소 소박해 보이는 반면에 트랜트강의 한 줄기가 보이는 가든 후면에는 이오니아식 기둥이 그 여성스러움을 뽐내고 있었다. 뒷마당에서 바라보는 우아한 건물이야말로 이 집의 하이라이트라고 생각이 되었다.

홀 입구에 들어서자 과거 귀족의 집치고는 생각보다 리셉션이 작다고 느꼈다. 리셉션 데스크에는 연세가 꽤 있어 보이는 두 분의 올드 레이디가 반갑게 인사를 하셨다. 예약한 방의 체크인을 위한 신원확인이 끝나자 나에게 열쇠를 주며 "That's your key, my love."라고 하신다. 'my love'는 전형적인 영국 할머니의 다정한 멘트이다. (언젠가 로컬 식당에 갔는데 거기서도 할머니 웨이트리스가 남편을 보고 'Darling'이라고 해서 좀 놀랐는데 오늘 또 'my love'라는 애기를 들으니 영국 할머니들의 언어가 참 친근하고 다정하게 느껴졌다.) 할머니 리셉셔니스트라니! 이곳이 더 이상 럭셔리한 곳은 아니라는 생각이 들었다.

콜웍 홀은 그 화려한 700여 년의 역사가 무색하게 지금은 소박해진 모습이었다. 리셉션 데스크 바로 옆 레스토랑에서 흘러나오는 색소폰 연주가 나에게는 왠지 우리나라 트로트같이 구수하게 느껴졌다. 한국의 유명 관광지의 모텔 같은 느낌이랄까.

중앙계단을 올라가서 왼쪽으로 올라가면 바로 객실이다. 이 호텔에는 Mozart, Lord Byron 등 각기 테마에 맞게 꾸며진 시그니처 방이 있다. 우리가 예약한 Lord Byron이라고 쓰인 명패가 붙은 방문을 열었다. 눈이 휘둥그레질 만큼 정말정말 큰 방이었다. 아마도 내가 태어나 지금까지 이용한 호텔 방 중에서는 제일 큰 것 같았다. 방 중앙에 보랏빛 원형으로 된 캐노피 커튼이 천장에서 침대 헤드 아래까지 드리워져 있었다. 침대를 중심으로 방을 삥 둘러보았다. 다마스크 패턴의 금보라 색 벽지들, 금장 벽 등이 옛 귀족의 집 바로 그 느낌이다. 출입문을 사이에 두고 양쪽에 대칭으로 반 누드의 소녀가 그려진 명화 액자가 걸려 있었다. 프랑스풍의 화려한 금장 프레임이 방의 분위기를 더욱 고풍스럽게 만들었다. 그 아래에 있는 데스크를 비롯한 화장대와 옷장 등, 방 안의 가구들이 다 앤티크다. 방 중앙의 낮은 등받이의 고풍스러운 라운지 소파에 로마의 황제처럼 등을 기대고 다리를 꼬고 앉아 보았다. 소파 앞의 널찍한 커피 테이블이 여유로운 마음을 주었다.

방 안의 방, 조각으로 장식된 높고 무거운 문을 여니 욕실이
다. 두 개의 대리석 세면대와 분홍색 빅토리안 욕조가 중앙에
놓여 있다. 욕조 바로 옆에는 스탠딩 미러가 세워져 있는 게 마
치 하인들이 주인님의 목욕 시중을 들어야 할 것 같은 그런 방
이다. 진짜 Bathroom이란 이런 거구나 하고 생각을 했다.

　욕실을 점검하고 나와서 다시 찬찬이 이 고풍스러운 방을 구
경하였다. 천장에서부터 내려오는 기다란 창문 위쪽에 보랏빛
밸런스 드레이프 커튼이 우아하게 드리워져 있다. 창문틀 옆에
는 프라이버시를 위한 셔터가 달려 있다. 푸른 하늘과 녹음이
그림처럼 조각조각 창틀로 들어온다. 높이가 4미터는 될 법한 3
개의 창문 아래에는 귀족 집의 드로잉룸에나 있을 법한 윈도우
시트(문틀 좌석)가 있다. 맞춤 제작된 기다란 쿠션이 놓여 있는
그곳에 나도 앉아 보았다. 이곳에 앉아서 초원같이 너른 정원을
감상하며 럭셔리한 삶을 누렸을 귀족들이 상상이 되었다. 창으
로 얼굴을 내밀어 멀리 내다보니 경마장의 넓은 트랙이 보였다.
콜윅 홀이 그 역사 속에 한때 경마 기수들의 숙소로도 사용된
적이 있었던 게 이해되었다.

　아담 사이즈인 내가 조금 과장해서 기어 올라가야 될 만큼 높
은 침대 위로 올라가서 누워도 보았다. 침대가 정말 단단하고

편안하다. 누워서 올려다보니 네오클레식 웨지우드풍 부조 장식들이 천장 가운데 라이팅 로즈처럼 붙어 있었다. 그런데 '가만!' 자세히 보니 '많이 낡았구나.' 장식들이 군데군데 떨어져 나가고 천장 표면도 매끄럽지는 않은 게 보수가 많이 필요해 보였다. 그러고 보니, 이곳! 모든 것이 올드하다! 옛 귀족 집의 특별한 경험에 의미를 둔다면 모를까 요즘 사람들, 아니 소탈한 내 기준에도 인테리어의 마감이 만족스럽지는 않았다. '이곳에 모든 것이 한때는 그 무늬와 색감이 선명하고 화려했겠지!' 빛바랜 세월의 무정함이 느껴졌다.

콜윅 홀은 역사적으로는 1362년 윌리엄 드 콜윅의 사망 후 그 존재가 공식적으로 드러난다. 그의 딸 조안과 리처드 바이런의 결혼으로 대문호 조지 바이런 가문이 150년간 살았다고 해서 더 유명해졌다. 그 후 머스터스 가문이 받아서 그 명맥을 유지해 오고 있었다가 1831년 영국의 제2차 개혁 법안 소동이 일어났다. 이 정치적 격변의 상황 속에서 콜윅 홀은 분노한 대중들의 타깃이 되어 약탈당하고 일부분은 파괴되었다고 한다.

영국 의회는 상원과 하원으로 구성되어 있다. 19세기 초 상원은 세습 귀족들이, 하원은 선출된 의원들로 구성되어 있었다. 영국의 산업혁명과 맞물려 선거구에 포함된 지역들은 인구 변화에 따른 개편이 필요했지만 개정되지 않았다. 1831년 3월 휘그당은 이 문제를 해결하기 위해 개혁 법안을 도입하려고 시도했다. 하원에서 통과된 법안이 상원에서 거부되자 영국의 여러 도시의 시민들은 분노했고 런던을 비롯한 영국의 지방 도시에서 심각한 소요가 발생했다. 노팅엄도 폭동이 심각하게 일어난 도시 중에 하나였다. 10월 10일, 공개 집회가 폭력 사태로 번졌고, 콜윅 홀은 노팅엄 캐슬과 함께 큰 피해를 보았다. 이러한 역사의 소용돌이 속에 당시 콜윅 홀의 안주인이었던 메어리(Mary Chaworth Musters)는 비가 오는 그날 밤, 집 밖에서 딸 소피와 함께 숨어 있다가 건강이 악화되어 회복하지 못하고 4개월 후에 사망했다고 한다. 영국은 프랑스 같은 대규모 유혈 혁명은 없었지만, 그에 비교할 만한 계급투쟁의 한 예가 바로 이 콜윅 홀에서 일어났던 것이다. 안타까운 콜윅 홀의 역사이다.

콜윅 홀은 현재는 호텔과 레스토랑으로 변신하여 고등학생들의 졸업 파티인 프롬, 로컬 시민들의 웨딩이벤트, 비즈니스맨들의 컨퍼런스 장소 등으로 다양하게 사용되고 있다. 그래서 나에게도 하룻밤 머물 기회가 주어진 것이다.

세월이 만든 낡은 것들의 편안함이었을까… 편안한! 아주 편안한 하룻밤을 보내고 조식으로 잉글리시 브랙퍼스트와 브랙퍼스트 티 한 잔을 마셨다. 그리고 호텔 앞에 있는 강가로 아침 산책을 떠났다. 한동안 비가 온 탓인지 질척질척해진 진흙 길 위를 신발에 진흙을 묻히지 않으려고 애쓰며 게걸음으로 걸어갔다. 물을 머금은 잔디 위에는 진흙을 털어낸 발자국이 만들어졌다. 강변에 무성한 블랙베리 가시가 돋아나고 있었다. 콜릭 홀에 봄이 오고 있었다.

만나면 아는 곳

"사람 냄새…. 그래! 사람 냄새였다.
나는 애써 사람 냄새를 지우려 했던 거다.
사람 냄새를 보여 주기 싫어
애써 흔적 없이 박박 지우려 했던 것이다.
그녀의 집 방문 후 내가 그토록 그리워하던
사람 냄새가 오래도록 남았다."

영국에서 처음 사귄 세 친구

남편은 나와 아이들을 본가에 두고 6개월 먼저 혼자 영국으로 건너갔다. 대학원 진학을 위해 영어 코스를 밟고 있었다. 카톡도 안 되던 시절이었다. 남편은 국제전화카드로 가끔씩 전화를 했다. 그러던 어느 날이었다. 남편에게 전화가 왔다. 언제나처럼 수화기 너머 피치가 높은 영국의 경찰차 사이렌 소리가 '이이잉 이이이잉' 하고 들려왔다. 남편이 말했다.

"항상 따라다니는 세 친구가 있어." 나는 너무 기뻐서 "와! 친구 많이 사귀었어? 누군데?"

"아니 당신이 아는 그런 친구가 아니야." 나는 의아해하며 물었다. "그럼 어떤 친구인데?"

남편을 항상 따라다니는 세 친구의 이름은 이랬다. 한 친구는 배고픔이요, 한 친구는 외로움이요, 또 한 친구는 그리움이란다. 나는 내심 기대했던 말과는 전혀 다른 그의 말을 듣고 울컥 코끝이 찡해졌다. 아이들은 어려서 몰랐겠지만 나도 남편도 가난한 마음이었다. 왜 아니었겠는가. 멀쩡히 다니던 은행을 그만

두고 갑자기 집도 직업도 없는 신세로 알 수 없는 미래를 향해 가고 있었기 때문이다.

남편이 그 몹쓸 친구들과 어울리게 된 데는 그 당시 남편이 머물던 홈스테이 탓도 컸었던 것 같다. 학교에서 소개시켜 준 홈스테이 집은 런던 남서부의 퍼트니라는 부촌 지역에 있었다.

아일랜드계 영국인이 주인이었다. 아침이면 항상 식탁 위에 손바닥만 1인용 시리얼 한 팩과 1인용 우유 한 병과 하얀 빵 하나가 전부였다고 한다. 어느 날 남편이 부엌에 있던 브리타 정수기의 물을 마시고 있는데, 집주인이 손가락으로 싱크대의 수도꼭지를 가리키며, 너는 저 수돗물을 마시라고 했다고 한다. 지금 생각해도 참으로 인정머리 없는 사람들이었다. 그래서 그런지 남편은 항상 배가 고프다고 했다. 물설고 낯설고 말설고 사람도 설어서 더 배가 고프지 않았을까. 인색한 첫 번째 홈스테이 집을 얼마 못 살고 나왔다. 호스트는 남편의 가방을 문밖에 놔주고 인사도 없이 문을 닫아 버렸다고 한다.

두 번째로 간 홈스테이 집은 런던의 남쪽 브릭스톤이라는 곳이었다. 지하철역에서 나와서 몇 분만 걸어가면 되었다. 나는 크리스마스를 남편과 함께 보내고 앞으로 우리가 살 집도 찾아볼 겸 그즈음에, 영국에 방문하였다. 남편이 머물고 있는 집의 주인에게 허락을 받고 가게 된 것이다. 그런데 히드로 공항에 도착하자마자 남편을 따라서 그 집으로 가는 길에 나는 정말이지 기겁하지 않을 수가 없었다. 내가 지금 서 있는 이곳이, 여기가 아프리카인지 영국인지 도무지 분간이 가질 않았다. 어안이 벙벙했다. 뿌옇게 바랜 듯한 사진첩 속의 빅토리안 시대의 건물들이 보였다. 나무도 있었겠지만, 기억에는 없었다. 어쩌면 계절이 한겨울이라 더 황량하게 느꼈을 수도 있다. 거리를 지나가는 거의 모든 사람이 다 까맣게 보였다. 간혹 어쩌다가 하얀 얼굴이 까만 무리 속에서 보였다. 그리고 하얀 이빨들…. 그 모습이 내가 본 영국의 첫인상이었다. 지하철역 앞에서는 정신이 약간 이상해 보이는 사람이 소리를 지르고 휘청거리며 돌아다녔다. 길거리의 쓰레기가 바람에 날려 이리저리 굴러다니고 슈퍼마켓 입구 앞에는 덩치가 큰 흑인 경비원들이 무섭게 노려보며 서 있었다. 홈스테이 집으로 가는 길이 어쩌나 무서운지 얼마 안 되는 거리가 한참 멀게만 느껴졌다. 태어나서 처음으로 까만 사람들만 있는 곳에 예고도 없이 떨어졌으니 얼마나 놀랐었겠는가.

영국에 오면 다 하얀 사람들만 있을 거로 생각해서 더 그랬는지도 모르겠다. 온통 까만 사람들만 있는 건 정말 예상 밖이었다. 나중에 알게 된 사실이지만 런던 브릭스톤은 런던에서도 범죄율이 가장 높은 지역으로 치안에도 문제가 많다고 했다. 남편이 싼 집을 찾아서 그 지역으로 갔었던 거다.

그래도 다행인 건 홈스테이 호스트들은 마음이 따듯한 분들이었다. 부엌의 식탁 위에는 언제나 각종 과일과 다양한 시리얼을 풍성하게 준비해 두었으며 남편 방 책상 위의 쿠키 병에는 항상 쿠키를 채워 주었다. 일주일에 한 번씩 침대 시트를 갈아 주고 청소도 해 주었다. 내가 영국을 방문했을 때는 손수 맛있는 파스타를 만들어서 우리 부부를 손님처럼 대접해 주었다. 남편은 그곳에서 비로소 안정되어 보였다. 지금은 연락이 되지 않지만 따듯하게 대해 주신 피터와 애니에게 아직도 감사한 마음이 가득하다.

영국은 지역별로 거주하는 인종이 아주 다르다. 이것은 한국에서는 경험해 보지 못한 일이었다. 어떤 지역은 인도 사람들이 다수, 또 어떤 지역은 유태인들 지역, 또 어떤 지역은 중국인, 어떤 지역은 이슬람교도들, 그리고 한국인들이 많이 사는 뉴몰든까지…. 다양한 인종들이 섞여 살고 모여 살고 있다. 2023년 7월 기준으로 런던의 인구는 926만 6천 명이 넘어갈 걸로 예상된다고 한다(ONS). 런던 거주자의 46.2%는 아시아계(영국에서는 중동계, 인도계, 동남아시아 포함 다 아시안이라고 한다), 흑인, 혼혈 또는 기타 민족이며, 17.0%는 영국인이 아닌 백인이라고 한다. 다시 말해 런던에는 37%만이 화이트 브리티시라는 것이다(2021년 인구 조사 자료). 20년 전 70%였던 걸 생각하면 단시간에 일어난 엄청난 변화이다. 전 세계에서 뉴욕 다음으로 다인종이 많이 살고 있다고 하니 그야말로 인종의 'Melting Pot'이라고 할 수 있겠다. 이러한 상황이니 인종마다 사람마다 선호하는 지역이 당연히 다를 수밖에 없는데, 나는 런던의 이런 상황을 전혀 모르고 있었던 것이다.

　나는 그해 크리스마스를 살면서 다시는 갈 것 같지 않은 곳에서 보내고 몇 달 후 우리 가족이 영국에 오게 되면 함께 살 집을 구하는 숙제를 남편에게 남겨주고 한국으로 돌아왔다. 나는 남편에게 런던 우범지역만큼은 제발 피해 달라고 신신당부했다. 그렇게 해서 남편은 비교적 가격은 저렴하면서도 런던 시내와는 가까운 인도 사람들이 많이 사는 런던 북서쪽 '하로우' 지역에 집을 얻었다.
　한국으로 돌아온 나는 런던으로 이주할 준비를 했다. 이미 런던을 조금 보았기에 안심도 되고 우려도 되었다. 그리고 남편의 상황을 깊이 이해하게도 되었다. 나는 남편에게서 전화가 올 때면 그 세 친구의 안부를 물어보는 버릇이 생겼다. 처음에는 세 친구가 여전히 잘 따라다니고 있다고 했다. 그러던 어느 날 배고픈 친구가 먼저 떠나갔단다. 그러다가 이제는 한 친구만 남았다고 했다. 그리움이라는 친구였다. 그리고 이듬해 2월, 런던의 가로수는 예년보다 일찍 가지마다 방울방울 솜사탕 같은 분홍색 벚꽃들을 터뜨리며 우리 가족을 환영해 주었다. 온 동네가 꽃 잔치였다. 우리도 모르는 사이에 남편의 세 친구가 모두 떠나갔다.

로얄 패밀리는 워킹 클래스
- 영국을 먹여 살리는 왕실 가족

영국에서 살다 보면 왕실 일원과 나와 개인적인 만남이 종종 생긴다. 그렇다고 내가 버킹엄궁전에라도 초대받아서 여왕님과 만찬을 함께 했다는 그런 이야기는 아니다. 다만 내 삶에 아니 영국인들의 삶 가운데 직간접적으로 연결되어 있다고 느끼는 순간들에 대해 말하는 거다.

레이크 디스트릭트 근처의 펜리스(Penrith)라는 곳을 여행 중일 때 이야기다. 하이 스트릿에 가게가 많지 않아서 기념품을 사는 게 마땅치 않았다. 그래서 근처에 있던 관광 안내소(Tourist Information Centre)에 들어갔다. 안내 데스크에 있는 직원에게 이곳에서 유명한 것들이 무엇인지 좀 추천해 달라고 했다. 직원이 하는 말이 근처에 토피숍(Toffee shop)이 하나 있는데 이곳에서는 그게 제일 유명하다고 하였다. 관광객들이 선물로 많이 사 간다는 것이다.

나는 'Toffee shop? 무슨 토피를 선물로 사 간담…'

하며 의아해했지만 그녀가 말하는 곳으로 가 보았다. 그냥 평범한 도로변에 특별할 것도 없는 가게가 하나 보였다. 너무 조용해서 문을 열고 들어가는 게 좀 어색해지는 상점이었다. 소박한 안내 데스크에 점원인지 주인인지 알 수 없는 한 여자분이 있으셨고 가게 안의 한쪽 벽은 커다란 액자들이 걸려 있었다. 자세히 들여다보니 사진 속에 찰스 왕세자, 지금은 왕이 된 찰스 3세가 커다란 나무 주걱을 들고 웃고 있었다. 브라스 냄비에서 끓고 있는 토피 반죽을 젓고 있는 사진, 가게 주인인 듯한 사람과 대화하고 있는 사진도 보였다.

사진을 보니 여기가 그만큼 유명한 곳이 맞기는 맞는 모양이었다. 1키로 정도 되는 선물 박스에 다양한 토피와 퍼지가 들어 있는 옵션상품을 주문했다. 35파운드였다. 무슨 카라멜 사탕이 35파운드나 하나. 좀 억울하단 생각이 들었지만 찰스 왕이 주걱을 들고 사진을 찍은 값 아니겠는가.

조용한 시골 마을에 왕국의 왕자가 두 번이나 방문하였다는 얘기나 왕자가 주인이 가르쳐 준 레시피를 이용해 맛있는 토피를 만들려 하였지만 진짜 시크릿 래시피 맛을 내는 데는 성공하지 못했다는 동화 같은 얘기가 미담처럼 전해진다고 하였다. 이런저런 이야기와 이야기가 더해져서 이 토피샵은 유명해졌고 지금은 지역 경제와 고용의 한 부분을 담당하고 있는 것이다.

하물며 시골 마을에도 이렇듯 왕실의 영향을 받아 성업 중인 가게가 있는데, 실재 영국에서는 왕실을 상징하는 Royal이라는 이름을 걸고 하는 사업이나 상품의 숫자는 상상을 초월한다.

영국 관광산업의 상당 부분은 왕실을 파는 상품임을 부인할 수 없다. 물론 나도 예전에 관광객 모드로 버킹엄궁전 앞에서 근위대 교대식도 보고 윈저성도 돈을 주고 구경한 적도 있다. 하지만 이런 것은 왕실의 보이지 않는 역할에 비하면 표면적인 것에 불과하다. 그것은 그저 내가 관광객이 되어서 바라본 왕실의 모습일 뿐 실제 영국 국민들이 이 왕국에서 왕실 가족의 존재를 느끼며 살아가는 이야기는 아닐 것이다.

바나드 캐슬(Barnard Castle)에 있는 보우즈 박물관(The Bowes Museum)을 방문했을 때의 이야기다. 입구에 유명인으로 보이는 한 여인이 박물관을 시찰하는 사진이 걸려 있고 그 아래에는 사진에 대한 자세한 설명들이 있었다. 내용을 읽어 보니 엘리자베스 2세 여왕의 어머니에 관한 얘기였다.

2002년 그녀가 사망할 때까지 여왕의 어머니는 보우즈 박물관의 후원자였고, 그녀의 이름을 딴 퀸 엘리자베스의 의상 갤러리(엘리자베스 2세 여왕의 어머니의 이름도 엘리자베스이다.)를 열기 위해 1976년 9월 방문하는 것을 포함하여 그녀의 일생

동안 여러 번 박물관을 방문했다는 내용이었다. 로얄 패밀리의 일원인 여왕 어머니의 방문은 이 박물관의 권위와 히스토리를 보여 주는 중요한 증명서와도 같다.

좀 더 왕실과 우리 가족과 연관성이 있는 이야기도 하나 있다. 큰아이가 재학 중인 캠브리지 대학의 칼리지(College)에는 엘리자베스 여왕의 남편이었던 필립공이 서명한 사진과 플라크(Plaque: 명판)가 걸려 있다고 한다. 새로운 학부(Faculty)를 여는 날을 축하해 주기 위해 여왕의 부군이 참석하였었던 것이다. 캠브리지에 31개의 칼리지가 있는 걸 감안한다면 얼마나 많은 로얄 패밀리가 각기 다른 칼리지에 다녀갔는지는 모를 일이다.

실제로 우리 아이들이 왕족을 만난 이야기도 하나 있다. 런던에서도 한참 떨어진 조용한 마을에 아이들이 다니는 닥터 첼로나스 그라마 스쿨이 있다. 이 학교가 명문인 것은 맞지만 이 시골 고등학교까지 왕실의 일원이 납시었다. 이유인즉 도서관과 식스폼 센터(Sixth-form Centre: 12학년과 13년 학생만이 이용하는 건물) 오픈식을 축하해 주기 위하여 찰스 왕의 동생인 에드워드 왕자가 손수 운전을 하고 와서 자리를 빛내 준 것이다. 선생님과 학생들이 왕자가 와서 축하해 주는 그런 학교에 다닌다는 것에 얼마나 자부심을 느낄지는 짐작할 수 있는 일이다.

엘리자베스 2세 여왕의 남편, 필립 공이 2017년 5월 5일 돌연 공직 은퇴를 선언하였던 때의 이야기다. BBC 방송국과, 모든 메이저 신문사는 필립 공작의 은퇴를 1면에 다루었다.

항상 여왕 옆에 따라다니던 이 노신사가 이제 다음 달에 만 96세가 된다는 것이었다. 그 노령에도 2016년에만 219번의 공식 행사에 참석했다는 것도, 엘리자베스 2세 여왕과 결혼한 1952년부터 지금까지 여왕의 남편이자 영국 공작으로 자그마치 22,000번의 행사에 공식 참석했다는 것도, 아직도 780개의 조직의 대표, 홍보대사, 그리고 멤버라는 것도 그때 알게 되었다.

필립 공 한 사람의 일이 이 정도인데 왕실 전체 일원들이 한해에 참석해야 하는 행사의 수는 상상을 초월한다. 왕족들도 바쁘다. 최근에 물의를 일으킨 해리 왕자와 앤드류 왕자의 Royal Duty(왕실의 의무)가 정지되면서 왕족들은 그들이 하던 일까지 떠맡게 돼서 더 바쁘다는 얘기를 들었다. 나 같으면 왕을 시켜 준다고 해도 그런 자리는 싫다고 할 것 같다. 특별한 사명이 없이는 감히 지켜낼 수 없는 자리이다. 2022년 9월 8일 여왕이 돌아가셨다. 돌아가시기 이틀 전까지 병완 중에도 미소를 잃지 않으시고, 주삿바늘로 인한 멍 자국이 선명한 손을 내밀어 신임 리즈 트러스 총리와 악수하셨다. 그녀의 재위 기간 마지막 총리의 임명이었다. 이런 왕실을 어찌 영국인들이 사랑하지 않을 수 있을까.

사람 냄새 나는 루이즈 가족 이야기

우리 가족은 영국 교회를 다닌다. 어느 날 예배 첫 찬양 중에 나의 바로 뒷자리에 앉은 한 영국 여성이 유난히 고운 목소리로 열심히 찬양하는 게 들렸다. 그렇게 내 등 뒤의 그녀의 존재를 인식하고 있었는데 예배 중간의 휴식타임에 그녀가 나의 어깨를 두드렸다. 돌아보니 동그란 눈에 머리를 질끈 묶은 화장기 없는 아가씨 같아 보이는 여자였다. 이것이 루이즈와의 첫 인사였다. 알고 보니, 그녀는 교회 밴드에서 노래도 하고 플루트도 연주하고 교회 성경 모임에서는 리더로 활동하는 등 다방면에서 열심인 사람이었다.

교회를 다니며 다른 많은 영국인들과도 매주 인사를 하지만 두 번 세 번씩 부딪치는 일은 사실 드물었다. 내가 다니는 교회가 사람이 많기도 하지만 우리 가족이 드리는 예배 시간이 어느 날은 9시, 어느 날은 11시 들쑥날쑥해서이기도 할 것이다. 어쨌든 인사를 나눈 그 많은 사람 중에서도 그녀는 좋은 느낌으로 마음에 남는 사람 중에 한 사람이었다. 이후 그녀는 같은 교회에 다니고 있던 우리 큰아들과 아들의 다른 영국 친구들을 그녀의 집으로 초대하여서 식사를 대접하곤 하였다. 그런데 큰아들이 지나가는 말로 그런다. "아마 그 집이 이사를 가는 것 같아요. 짐들이 여기저기 나와 있고 집이 아주 어수선하더라고요." 나는 "그래?" 하고 아들의 얘기를 듣고 뭔가 좀 궁금하면서도 그녀가 교회의 청년들을 자주 섬겨준 것에 대해서 늘 고마운 마음을 가지고 있었다.

그러던 어느 날 그녀가 예배가 끝나고 나에게 다가와서 소개해 줄 한국인이 있는데 만나 보겠느냐고 했다. 나는 기꺼이 만나겠다고 하며 그녀를 따라가 보니 한국에서 유학 온 지 몇 달 안 되는 조그마한 여학생이 서 있었다. 지난 크리스마스에 유나를 만났는데 아는 한국인이 한 명도 없어 외로워하니 같이 연락하고 지내면 너도 좋고 그녀도 좋지 않겠냐고 소개를 해 준 것이다.

가만 보면 그녀는 교회의 특별한 직책은 없어도 누군가 특히 소외된 사람들에게 도움을 주곤 하는 것 같았다. 전에 한 한국인들 모임에 간 적이 있었는데 그 모임에서도 루이즈에게 도움을 받은 사람이 있다고 얘기를 들었던 게 떠올랐다.

그리고 어느 날 그녀가 우리 가족을 그녀의 집에 초대하였다. 우리는 마음을 담은 작은 화분 하나와 스폰지케이크 하나를 사서 방문하였다. 그녀의 집은 우리 지역에서는 비교적 학군이 좋은 거주 지역에 있었다. 햇살이 좋은 봄날이었다. 다른 영국인들 집이 그렇듯이 앞마당에 수선화가 올라오고 있었고 가든 한가운데는 커다란 목련이 거실 창을 가려 주고 있었다. 벨을 누르고 기다렸다. 한참 후에 그녀가 반갑게 문을 열고 들어오라고한다. 현관 양옆으로 각종 신발과 외투들이 아무렇게나 쌓여 있는 게 보였다. 뭐 영국의 집들이 보통은 신발장이 없으니 그런가보다 하면서 들어갔다. 그녀가 우리를 바로 부엌으로 안내했다. 그런데 나는 부엌을 보자마자 깜짝 놀라고 말았다. 아니 쇼킹했다고 말하는 게 맞을 것이다. 불현듯 전에 큰아들이 했던 얘기가생각났다. '이사하는 집 같아요. 짐들이 여기저기 나와 있고.'

부엌은 디귿자 모양의 가구가 배치되어 있었는데 가운데에 6인용 식탁이 있었다. 가든으로 나가는 프렌치 도어가 있어서 좁은 부엌이 그나마 숨통이 트였다. 부엌도 역시 아까 현관과 마찬가지로 각종 물건들이 아무렇게나 쌓여 있었다. 라디에이터위에도 아이들 옷이며 양말들이 널어져 있었다. 식탁 위에는 갓오븐에서 꺼낸 듯한 로스트치킨 한 마리가 망사 덮개로 덮여 있었다. 그 위의 천정에는 지난 크리스마스에 받은 듯한 카드들이 반달 모양으로 늘어진 줄 위에 주르륵 걸려 있었다. 싱크대와 연결된 워크 탑 위에는 크기가 다른 오븐 트레이들, 케틀, 각종 저그들과 사용하고 닦지 않은 그릇들과 그사이에 방금 벗겨 낸 듯한 고구마껍질과 호박씨들이 한데 뒤섞여 있었다. 이런 와 중에 아직 요리가 준비되지 않은 듯하였다. 초등학생으로 보이 는 딸은 오븐 앞에 서서 나무주걱으로 저어가며 그레이비소스 를 만들고 있었고, 오빠로 보이는 아들은 뒷마당에서 혼자 크리 켓을 연습하고 있었으며, 그 집의 주인인 두 부부는 좁은 부엌 틈새를 오가며 각자 요리하느라 정신이 없었다.

그녀의 남편이 차를 마시겠냐고 물었다. 나는 잉글리시 브랙 퍼스트 티를, 남편은 커피를 부탁했다. 그녀의 남편은 하던 일 을 멈추고 먼저 내 홍차를 만들어 주고 남편을 위해서는 원두를 직접 갈아서 커피를 내려주었다. 우리는 서서 차를 마시고 그들 부부는 요리하면서 대화를 이어 갔다. 얘기 중간에 나는 이층에 있는 화장실에 다녀왔는데, 열려 있는 문틈으로 본 방들도, 아 래층의 상황과 마찬가지로 여기저기 옷 무더기들이 아무렇게나 쌓여 있는 게 혼돈 그 자체였다.

우리 가족은 어정쩡하게 식탁 주변에 서서 요리하는 그들 부 부와 이런저런 얘기를 주고받았다. 밖에서 크리켓을 하고 있는 아들을 보고서 크리켓으로 대화를 시작하였다. 그녀의 남편과 우리 아들과 크리켓 규칙에 대해서 얘기하였던 것 같다. 나는 부엌 이곳저곳에 걸려 있는 그녀의 딸의 그림을 보며 창의적이라고 칭찬을 하며 이야기를 이어 나갔다. 그러는 와중에도 사실 나는 여기저기 눈에 보이는 일거리들에 눈을 떼기가 어려웠다. 팔을 걷어 부치고 도와주고 싶은 아줌마 마음으로 좀이 쑤셨다. 내가 "뭘 좀 도와줄까?" 물었는데 한사코 괜찮단다. 그러니 그들 부부가 불편해할까 봐 함부로 도울 수도 없는 노릇이었다.

돌아가는 상황이 음식이 거의 다 준비된 걸로 보였는데 갑자기 그녀가 커다란 그릇에 밀가루를 붓고 뭔가 반죽을 하기 시작했다. 그 모습을 본 나는 적지 않게 당황스러웠다(사실 우리가 오후에 다른 약속이 있어서 시간이 많지 않다고 미리 양해를 구하고 초대에 응한 상태였다). 나의 조급한 마음을 아는지 모르는지 루이즈는 어느새 반죽을 하나하나 떼어서 오븐 트레이에 놓고 있었다. 스콘을 만들고 있었던 것이었다. 나의 우려와는 달리 생각했던 것보다 빠르게 스콘 반죽이 완성되고 그것을 오븐 안에 넣고서야 우리는 식탁에 앉을 수가 있었다.

그녀의 남편이 오븐에서 따듯하게 데워진 디너 플레이트들을 꺼내어 식탁 위에 미리 세팅해 둔 플레이트 메트 위에 놓았다(이 와중에 모든 걸 정석대로 정성을 다하고 있었다). 그러자 갑자기 그동안 보이지 않던 음식들이 거짓말처럼 여기저기 오븐에서 튀어나왔다. 마치 알라딘의 요술램프의 지니가 나와서 식탁을 차리는 것처럼 말이다. 식탁 위에는 로스티드 파스닙과 고구마, 로스트 포테이토, 삶은 브로콜리와 당근, 로스트치킨, 구운 소시지, 요크셔푸딩 등이 순식간에 차려졌다. 영국의 집에서 전통적으로 일요일에 먹는 선데이로스트였다. 그렇게 우리가 그녀의 집에 도착하고 한 시간이 넘어서야 우리는 다 같이 식사를 할 수 있었다.

음식은 생각보다 풍성했고 식사 후 오븐에서 뜨겁게 구워져 나온 스콘은 기대 이상으로 맛있었다. 스콘을 위해서는 패션푸룻커드, 스트로베리 쨈 등 다양한 쨈들과 클로티드 크림이 올라왔다. 영국인들도 한국의 탕수육을 먹을 때처럼 부먹 vs 찍먹 같은 논쟁이 있다. 스콘을 먹을 때 쨈을 먼저 바르느냐 크림을 먼저 바르느냐의 논쟁이 그것이다. 그런데 그녀는 쨈이 먼저란다. 'No way' 나와 아들은 말도 안 된다며 기겁했다. 그리고 또 이어지는 이야기들…. 포크와 나이프를 사용하는 영국의 식탁예절에 대한 얘기, 영국의 록다운 기간 동안 아이들이 포크만 사용하게 되어서 최근에는 나이프를 잘 사용하지 못하는 아이들이 많아졌다는 신문 기사 얘기, 록다운 때는 공기오염이 없어서 좋았다는 얘기, 남편들의 직업 얘기, 그녀가 아이를 낳기 전에는 프랑스어와 독일어 통역사였다는 얘기, 우리 작은 아이가 17살에 소설을 출판하였지만, 이야기가 형편없으니 냄비 받침으로 쓰면 아주 유용하다는 얘기, 이야기와 이야기를 이어가며 즐거운 대화를 나누었다.

정신없었지만 편안했던 일요일 낮 그녀의 가족과의 식사가 끝났다. 문 앞에서 잠깐 멋쩍게 멈칫하다 서로를 꼬옥 안았다.

집으로 오는 길에 왠지 모를 복잡한 마음이 들었다. 첫 번째는 왜 그렇게 그녀가 메시(Messy: 지저분하게) 하게 사는지 의문이 들었다. 두 번째로는 그런 상황에서 어떻게 그녀는 사람을 초대할 수 있는 마음의 여유가 있는지 궁금했다. 첫 번째 의문은 그녀의 라이프 스타일이니 뭐 존중해 주면 되는 거고 두 번째 의문에 대해선 한편 용감하기도 하고 한편은 존경스럽기도 했다. 나라면 사실 상상도 못 할 일이다.

신기하게도 그녀의 사는 모습을 적나라하게 다 보고 나니 나는 한층 그녀와 가까워진 느낌을 받았다. 그녀의 라이프 스타일이 이해가 되지 않으면서도 딱히 그런 환경이 싫지도 않았다. 오히려 그런 환경에서도 우리 가족을 초대하고 환대해 준 그녀와 그녀의 가족에게 감사했다.

사실 그녀의 초대는 어느 다른 영국인들의 초대와는 상당히 거리가 먼 것이었다. 기본적으로 영국의 전통적인 집들은 부엌과 다이닝룸이 분리되어 있어 부엌의 지저분한 모습은 손님들이 보기가 어려운 구조다. 다이닝룸이 어쩔 수 없이 같이 있다고 하여도 이런 상태로 손님을 맞이하는 건 본 적이 없다. 그리고 영국인이 아닌 나와도 역시 상당히 다른 모습이다.

　손님이 온다고 하면 일주일 전부터 정리 정돈에 집착하고 때로는 그게 싫어서 손님을 아예 초대도 못 하는 나와는 많이 다른 모습이었다. 남에게는 나의 바른 모습만, 예쁜 모습만, 잘사는 모습만, 보여 주려고 하는 나 자신과 비교가 되었다. 다른 사람들에게 나의 약한 모습, 지저분한 모습, 가난한 모습, 부족한 모습을 보여 주기 싫어서 초대도 못 하는 거 보다는 루이즈처럼 그냥 그 모습 그대로 보여 주고 같이 식사하는 게 더 낫지 않을까. 자리를 마련하여 마주 보고 대화하고 사람을 알아가는 게 더 가치가 있는 게 아닐까. 어쩌면 그녀 삶의 우선순위는 사람과의 만남이 아닐까. 어쩌면 완벽하게 정리정돈이 되어 있는 우리 집에 와서 불편했을 사람들도 있지 않았을까. 누구를 위한 초대인가. 무엇을 위한 초대인가. 여러 가지 생각이 들었다.

　어릴 적 시골 외갓집에 가면 느끼는 그 편안함… 소박한 물건들. 외할머니 방에는 할머니 손이 닿기 좋은 곳에 모든 것이 놓여 있었다. 나는 한편에 개켜진 낡아서 누더기처럼 마모된 할머니의 이부자리가 언제나 따뜻하고 좋았다. 까맣게 타버린 아궁이 아랫목 장판도 정겨웠다. 주인이 사용하기 좋은 대로 인테리어 상관없이 포개지고 쌓여 있던 물건들. 할머니 방 벽에는 옷도 걸려 있고 그 옆에는 빛바랜 흑백 가족사진과 할머니 할아버지 사진, 학사모를 쓴 사촌들의 유치원 졸업사진들, 매일 한 장씩 떼어내는 숫자만 있는 달력, 심지어는 파리채도 곰방대도 부채도, 손이 닿기 편한 위치에 걸려 있었다. 오랫동안 등을 기대고 앉아서 까맣게 된 벽장 아래 벽지들도 그리운 기억이다.

사람 냄새…. 그래! 사람 냄새였다. 나는 애써 사람 냄새를 지우려 했던 거다. 사람 냄새를 보여 주기 싫어 애써 흔적 없이 박박 지우려 했던 것이다. 그녀의 집 방문 후 내가 그토록 그리워하던 사람 냄새가 오래도록 남았다.

나의 인생 선생님

- 크리스 할아버지

영국에서 영어를 공부하는 방법이 다양하다. 첫 번째로는 돈을 내고 사설 영어학원이나 커뮤니티 칼리지 혹은 대학의 영어 과정 등을 이용하는 방법이 있다. 두 번째는 카운슬에서 무료로 운영하는 English Functional Skills나 ESOL 수업이 있다. 그런데 이 코스들은 영주권자 시민권자 혹은 일정한 자격(몇 년 이상 영국에 거주했거나 난민인정을 받은 경우)이 인정되는 자들만 무료로 들을 수가 있다. 물론 위의 자격이 모두 안 된다면 이 과정도 유료로 들을 수는 있는데, 기본적으로는 무료 과정이다. 세 번째로 지역 영국 교회나 개인이 자원해서 봉사하는 무료 영어 클래스가 있다.

나도 영국에 오자마자 내가 살던 지역에 있던 칼리지에 가서 적지 않은 돈을 내고 영어 코스를 들었다. 코스가 끝나면 자격증이 나왔기 때문에 그 코스에는 영국에서 상급학교 진학을 위하여 공부하는 젊은 외국인들이 많이 있었다. 그곳은 두 분의 선생님이 번갈아서 가르치셨는데 그중 한 분은 너무 불성실해서 돈이 아까운 선생님이었다. 이 코스가 끝나고도 나는 영어 공부를 더 이어 가고 싶었다. 그러던 차에 내가 살고 있는 집 근처에 무료 영어 클래스가 있다는 것을 알게 되었다.

이곳이 바로 영국에서 나의 두 번째 영어 선생님 크리스 할아버지를 만난 곳이다. 할아버지의 클래스는 학생이 돈이 없어도, 아무런 자격이 없어도, 누구라도 올 수 있는 곳이었다.

크리스 할아버지는 은퇴한 중학교 과학 선생님이었다. 키가 상당히 크시고 조금은 마른 체형이신데 젊으셨을 때는 정말 미남이었을 것이라고 짐작이 되었다. 뭔지 모를 온화한 기품이 그분에게서는 느껴졌는데 그래서 그런지 누구라도 그분과 얘기를 나누게 되면 다들 순수해지는 마법 같은 능력을 갖추신 분이었다. 상대방을 늘 세심하게 배려하시며 조용조용 말씀하셨다.

크리스 할아버지의 마나님이신 트리샤 할머니도 역시 중학교에서 독일어를 가르치셨던 선생님이셨다. 할머니는 머리숱이 적으셔서 할아버지보다는 오히려 연세가 더 들어 보이셨는데 그런데도 역시 젊으셨을 때는 정말 'Pretty Woman'이셨겠다는 생각이 들었다. (지금 생각해 보니 혹 어디가 아프신 것은 아니었나 싶다.)

목소리가 항상 통통 튀어서 수업 시간에 명랑한 분위기를 만드셨다. 할머니는 수업이 시작되기 전에 항상 'Would you like some tea?' 하고 물으셨다. 강의실 옆 부엌에는 할머니께서 준비해 오신 쿠키나 비스켓이 항상 놓여 있었다. 티타임에는 티레이디로, 수업 시간에는 할아버지의 보조교사로서 아줌마들 사이를 오고 가시며 도움을 주셨다.

크리스 할아버지가 수업을 시작하기 전에 상당한 시간을 할애하여 항상 체크하는 게 있었다. 다이어리를 보시면서 다음 주는 하프텀 기간이니 한주 쉬었다가 그다음 주에 클래스가 있을 거라는 얘기, 여름 방학에도 클래스가 없을 거라는 얘기 등 꼭 기억해야 하는 클래스가 쉬는 날짜들을 두 번, 세 번 확인하셨다(영어가 미숙한 학생들이 날짜를 혼동할까 봐 더 신경을 쓰신 것 같다.) 그 당시 딱히 한국에서 휴가나 하프텀 기간의 개념이 없이 월화수목금금금으로 살아온 나로서는 이 점이 매우 신기하게 느껴졌다.

영국인들의 삶은 사실 한국인들보다 훨씬 더 긴 시간을 두고 사전에 계획하며 산다는 인상을 받는다. 내가 아는 영국인 지인들도 역시 다이어리를 휴대하며 본인의 일정을 적어 놓는데 1년 후의 약속이나 휴가 계획까지 다 잡아 놓는다. 이들의 달력은 항상 자녀 학교의 학사 일정에 맞춰져 있다. 그래서 대부분의 계획이 아이들의 하프텀 방학(짧은 방학)이나 여름방학 겨울

방학 등에 몰려 있다. 자원봉사를 하고 계시는 크리스 할아버지의 일정도 그와 다르지 않게 학사 일정에 맞춰져 있었다.

그래서 학교가 쉬는 날에는 할아버지 클래스도 같이 쉬었다. 나는 영국인들의 이러한 라이프스타일이 참으로 멋지고 지혜로운 방식이라고 생각하곤 한다. 우리 한국인들은 무언가를 할 때 항상 빠른 성과를 기대하며 현재의 삶을 희생해서라도 그것에 올인하는 경향이 있는 것 같다. (물론 이점이 한국을 발전시킨 동력이었음은 부인할 수 없다.) 그런데 영국인은 가만 보면 천천히 조금씩 긴 호흡으로 오랜 기간을 잡고 일을 한다. 어쩌면 이것이 크리스 할아버지가 지치지 않고 이 일을 수년째 해 오고 계시는 비결이라고 생각되었다. 그것이 자원봉사라도 말이다.

크리스 할아버지는 교직을 은퇴하신 후, 소외당하는 외국인들에게 영어를 가르치기 위하여 지역 칼리지에서 영어 티칭 자격증 과정을 이수하셨다. 그리고 카운슬에서 허가를 받고 영어가 부족한 외국인을 위해 매주 수요일 무료 영어 클래스를 여셨던 것이다.

학생들은 주로 아줌마들이었는데 파키스탄, 시리아, 인도, 홍콩 등 세계 각지의 다양한 나라에서 온 사람들이었다. 가끔 수업과는 관계없는 엉뚱한 얘기를 하시는 아프리카계 아저씨도 한 분 오셨는데 나와 다른 학생들이 불편해하는 것과는 다르게 할아버지는 그분에게도 항상 친절하셨다.

공짜 수업이라지만 내가 전에 상당한 돈을 내고 다녔던 칼리지의 영어 수업보다도 훌륭했다. 선생님은 언제나 진지했고 평생 가르치시는 일을 하신 분답게 또한 잘 가르치셨다. 교재는 할아버지가 사비를 들어 복사를 해 오셨다.

학기가 끝나는 날에는 각국의 아줌마 학생들이 요리를 준비해 왔다. 음식은 주로 인도계, 중동계 사람이 많아서인지 중앙아시아 음식이 많았다. 쿠스쿠스 샐러드, 사모사, 티카마살라 등 다양한 커리들과 봄베이믹스 같은 인도 음식들이 주였다. 학생들은 다 같이 음식을 나눠 먹으며 게임도 하면서 친밀한 교제를 나눴다. 나와 클래스에 같이 다니던 한 한국인 지인이 삼계탕을 만들어 왔었는데 할머니 할아버지가 너무 좋아하셨던 게 기억이 난다. 할아버지의 클래스는 할아버지의 인품의 영향인지 언제나 화기애애했고 따뜻했다.

몇 년 후 우리 가족이 먼 지역으로 이사를 가게 되어 나는 더 이상 할아버지 클래스를 갈 수 없게 되었다. 사정을 모르시는 할아버지한테 이메일이 왔다. 할아버지의 영어 클래스가 더 이상 기존에 사용하던 곳을 이용할 수 없게 되어 새로운 곳으로 이전을 하게 되었다는 소식이었다. 새로운 클래스의 이전과 시간에 대해서 알려 주시며 클래스를 운영하는 데 드는 비용 얘기도 짧게 언급하셨던 것 같다. 크리스 할아버지와 우리는 같은 교회에 다녀서 남편과도 잘 알고 있던 터라 남편이 클래스를 운영하시는 데 조금 보태시라고 50파운드를 수표로 써서 할아버지 댁에 우편으로 보냈다. (요즘은 사용 빈도가 줄어들기는 했지만, 영국은 아직도 개인 수표를 사용한다.) 그리고 삶이 바빠 까맣게 잊고 지냈다.

그러던 어느 날, 할아버지가 나와 남편에게 보낸 편지를 지인으로부터 건네받게 되었다. 우리에게 감사를 전하고 싶은데 내가 이메일을 안 본다며 나와 연락이 되는 한국인에게 꼭 전해 달라고 손 편지를 건네주신 것이었다. 꾹꾹 눌러쓴 손 글씨에 정성이 묻어났다. 얼마 되지도 않은 돈이었는데, 우리의 마음을 소중히 여기시고 감사를 전하고 싶으셨던 것이다.

언젠가 지인과 함께 걸어서 할아버지 클래스에 가던 일이 떠올랐다. 지인이 갑자기 "저 집이 크리스 할아버지 집이에요"라고 손으로 가리켰다. 조금 허름한 세미 디테치드 하우스였다. 초등학교 바로 옆이라 아주 시끄러울 것 같은 집이었다. 지인이 말하기를 와이프이신 트리샤 할머니가 이제 겨우 모기지(주택담보대출) 상환이 다 끝나서 행복하다고 말씀하셨다고 했다. 평생 빠듯하게 사신 두 분의 삶이 느껴졌다. 검소한 집을 통해 없지만 그 안에서 나누며 도와주는 노부부의 삶이 투영되며, 아름답게 느껴졌다. 클래스를 위해 준비한 음료수나 스낵들도 그분들에게는 귀한 나눔이었을 것이다.

나는 은퇴하면 무엇을 할까? 늙으면 한국에 돌아가서 살겠지? 한국에 돌아가면 나도 크리스 할아버지처럼 소외된 외국인들에게 한국어를 가르치는 것은 어떨까?

"은퇴는 인생의 끝이 아니라 인생의 전환일 뿐이다(Retirement isn't the end of the road, but just a turn in the road)."라는 말이 있다.

크리스 할아버지와 트리샤 할머니는 나에게 은퇴 후 의미 있는 또 다른 삶이 있다는 것을 몸소 가르쳐 주신, 정말 닮고 싶은 아름다운 부부였다. 넉넉지 못해도 나눌 수 있음을 삶 속에서 보여 주셨다. 지금도 그 클래스가 운영되는지… 아직 건강하신지 많이 궁금하다.

같은 나라 다른 사람들

사람은 적응하기 마련이라고 영국도 비대면 소통방식인 온라인 예배, 온라인 쇼핑, 온라인 레슨들이 활성화되고 있었다. 하지만 지극히 아날로그적인 사람인 나는 만나 본 적도 없는 사람들과 온라인으로 인사를 하고 뭔가를 배운다는 게 내키지 않았다. 혼자서도 잘 노는 나 같은 사람이 새로운 곳으로 이사를 하고 전국적인 봉쇄로 근 일 년간을 강제 칩거하게 되니 방콕에서 SNS만 집착하고 있던 차였다. 안 되겠다 싶어 뭐라도 하자 하고 동네 라이브러리에서 열리는 무료 영어 클래스를 신청했다. 사실 무슨 수업인지도 잘 모르고 일부러 집 밖으로 나가는 시간을 만들고 싶어서 신청한 거였다. 오랜만에 도서관에 오니 갑자기 없던 의욕이 생기는 것 같았다. 무언가에 열심인 사람들, 조용한 면학 분위기와 책 냄새 가득한 도서관이 주는 에너지가 있었다. 저절로 콧노래가 나왔다. 예정된 수업시간보다 조금 이른 시간에 기분 좋게 도서관 2층에 있는 강의실에 들어갔다. 벌써 여러 수강생들이 와서 기다리고 있었다.

여자 선생님이 작은 수트케이스를 낑낑 끌고 강의실로 들어오셨다. 간단히 자기소개를 한 후 수강생들의 실력을 알아야 한다며 복사해 온 시험지를 수트케이스에서 꺼내어 나눠 준다. '강의 첫날에 시험이라니!' 생각지도 못한 시험을 보게 되어 당혹스러웠지만 다행히 문제는 그다지 어렵지는 않았다.

알고 보니 내가 신청한 강좌는 GCSE Equivalent 코스였다. 구직을 희망하는 사람들이 고등학교 영어 능력에 상응하는 자격이 없을 때 (Job을 잡는 데) 영어 능력을 증명하기 위해 필요한 시험이었다. 그러니까 이 코스는 우리식으로 하면 한국어를 배우는 과정이 아니라 국어를 배우는 과정인 것이다.

사실 나는 이미 영국에서 석사학위를 소지한 사람으로서 이러한 과정이 필요하지는 않았다. 하지만 내용을 보아하니 실질적으로 사용되는 영어여서 재미있을 것 같았다. 우리 반에는 총 7명 가운데 순수 영국인이 3명이나 있었다. 그런데 참 희한한 게 이 영국인들이 그러니까 내가 평소에 만났던 영국의 보통사람들과는 뭔가 많이 달랐다. 그날의 강의실로 한번 들어가 보자.

등장인물:

선생님: 고도비만, 필요한 프린트물이 없어서 다음에 주겠다고 함, 준비성이 없어 보임.

루이스: 손가락과 목에 문신, 검은색 매니큐어, 카우보이 구두, 메탈 벨트, 바지를 내려 입고 다님, 순수한 듯 백치미, 화장실에 자주 감, 영국인.

세라: 엉겨 붙은 머리, 초고도비만, 영국인.

프린스: 보기에 멀쩡하지만 악취 진동함, 영국인.

콰라: 히잡 쓴 파키스탄 아줌마, 안경 너머로 쳐다보는 습관이 있음, 영어 클래스 1단계 패스로 자신감 넘침.

리암: 1단계 시험 결과를 기다리고 있음, 처음 온 수강생들에게 훈수를 잘 둠, 대답을 잘함.

모니카: 홍콩에서 이민 옴, 초등학교 교사 출신.

이나: 우크라이나 난민, 미모가 출중, 성격 좋고 순수한 아가씨, 영국인 자원봉사 호스트에게 지원받고 있음.

나: 장기 방콕 거주자로 세상 밖으로 나오려 애쓰는 둥글둥글한 한국 아줌마.

특별출연:

라이브러리언: 턱수염의 중년 남자, 성격이 불같음.

강의실:

배가 많이 나와서 불편해 보이시는 선생님이 종이칠판(한 장씩 넘겨서 쓰는 옛날식 커다란 종이)에 매직펜으로 글을 쓰고 있다. 말씀을 하시며 숨이 찬지 종종 헐떡거린다. 오늘 공부할 내용인 A 회사의 구직 공고 전단지를 학생들에게 나눠 준다.

A Delivery Services
- Christmas Job Opportunities -
Need extra cash for Christmas?
Are you available to work at short notice?
Can you work early, late or night shifts?

We are looking for enthusiastic and reliable people to work on an occasional basis, helping to sort and deliver parcels in the Reading area from late November until the end of December.

(A 배송 회사에서 크리스마스 시즌에 필요한 사람을 구한다는 내용으로 근무 기간은 11월 말에서 12월 말. 근무시간은 이른 아침, 낮 동안, 늦은 저녁, 요청하면 바로 일할 수 있는지를 묻고 있다. 작업은 레딩 지역에서 물건을 정리하는 것과 배달하는 일이다.)

선생님: (A배송 회사에서 사람을 구한다는 전단지를 학생들에게 건네며) 하나씩 가져가서 읽고 문제를 풀으세요.

루이스: (갑자기 손을 들며) 화장실에 가도 되나요?

선생님: 네, 다녀오세요.

나: (선생님이 주신 프린트를 집중해 읽고 있음.)

루이스: (다시 교실로 들어옴.)

나: (지문을 다 읽고 문제를 풀고 있는데 루이스가 화장실에 다녀오며 나의 뒤로 지나갈 때 술 냄새를 맡음. 모른 척하고 문제를 품.)

루이스: (자리에 앉으며) 지금 뭐 해야 되죠?

선생님: 아까 나눠 준 글을 읽고 문제를 푸시면 됩니다.

루이스: 오우 케이.

모두 조용히 문제를 풀기 시작한다.

선생님: 이 회사의 근무 기간은 언제입니까?

학생들: 한 달입니다.

선생님: 근무 시간은 어떻게 되지요?

나: 이른 아침, 낮, 늦은 저녁 시간입니다.

라이브러리언: (갑자기 도서관사서가 교실로 등장하면서 루이

스에게 눈을 부릅뜨며 큰 소리로 외친다.) 화장실 사용 후에는 반드시 열쇠를 돌려 놔야해!! (화가 잔뜩 난 얼굴로 같은 말을 두 번 강조하며 말하고 강의실을 나가버림.)

선생님: (사서의 갑작스러운 등장에 당황한 학생들을 보며) 지난주 토요일에 누군가 도서관에 불을 내겠다는 협박이 들어왔었어요. 그래서 이제 화장실을 잠그게 되었답니다. (잠시 시간을 두고) 문제 2번 딜리버리맨의 자격요건은 뭐지요?

루이스: 드라이빙 라이선스가 필요해요.

나: (나도 모르게 큰 소리로) 아니에요, 운전면허증을 요구하지 않았어요.

선생님: (내 의견이 맞는다는 제스처로) 일반적으로 딜리버리에 드라이빙 라이선스가 있다면 좋겠지만, 지금 주어진 자료에는 라이선스가 필요하다는 얘기가 없으니 라이선스는 필요하지 않아요.

루이스: (황당하다는 듯이) 딜리버리맨이 라이선스가 없으면 어떻게 배달을 하나요?

선생님: (난감하다는 듯이) 나도 잘 모르겠지만 아마도 걸어서 하는 딜리버리가 아닐까요! 아니면 운전사는 따로 있고

건네주기만 하는 사람일 수도 있고요. 어쨌든 여기서는 라이선스 언급은 없으니 필요 없는 게 맞아요.

파키스탄 아줌마 롸라: (나에게 눈빛을 교환하며 루이스가 좀 이상하다고 내색함.)

루이스: (갑자기 또 급한 듯) 화장실 필요합니다.

선생님: 다녀오세요.

나: (이 와중에 나의 왼편에 앉은 프린스에게서 악취가 남. 나는 자동적으로 내 몸을 오른편에 있는 중국인 모니카 쪽으로 움직임.)

모니카: (갑자기 기침 시작함. 계속 기침. 물 한 잔 마시며 진정 시키려 하지만 안 되겠다 싶은지 수업 중 그냥 나감. 한참 후에 돌아옴.)

나: (왼쪽은 냄새, 오른쪽은 기침으로 어찌할 줄 몰라 웅크리고 있음.)

수업 중 루이스는 계속해서 화장실을 들락날락하다가 엉뚱한 대답을 하고, 갑자기 라이브러리언이 들어오더니 다짜고짜 무례하게 큰 소리를 치고 무시하는 듯한 표정을 지으며 나가고, 가만 보니 파키스탄 아줌마 리암은 어느새 나가고 없었다. 그렇게 정신없는 수업이 끝이 났다.

나:　　　(멘탈이 탈탈 털려서 머리가 멍한 상태.)

선생님:　(나한테 묻는다.) 너 다음 주에도 이 수업 계속할 거니?

나:　　　아…. 네. (얼떨결에 할 거라고 대답했음.)

　사실 수업 시작 전에 모처럼 공부에 열정를 가지고 열심히 해보자 하고 마음먹었다. 그런 의지가 언제 있었던가. 무색하게 나는 집으로 돌아오는 길에 오늘 마주한 코미디 같은 현실을 생각하며 '이게 맞나? 이거 정말 하는 게 맞는 건가?' 되뇌었다.

　영국에는 참 다양한 사람들이 산다. 지역마다 사람의 수준이 참 다르다. 사는 곳도 다르다. 어떤 곳은 그림같이 아름다운 풍경에 아름다운 집들이 평화롭게 모여 사는 마을이 있는가 하면, 어떤 곳은 거리에 쓰레기가 굴러다니고 오물들로 불쾌감을 주는 동네도 있다. 처음 영국에 왔을 때 이스트런던에서 느꼈던 황량함과 뭔지 모를 공포감이 있는 곳이 있는가 하면, 평범한 가족들이 아웅다웅 모여 사는 곳도 있고, 범접하기 어려울 것 같은 위화감이 느껴지는 포쉬(posh: 부유한)한 동네도 있는 것이다.

　그런데 문제는 그 빈부의 차이에 있는 것이 아니라 사람의 차이에 있다. 나의 경험상으로는 지역마다 사람들이 많이 다르다고 느끼는 것이다. 내가 아는 한 한국의 경우 비록 가난한 동네와 부유한 동네가 있다고 해도 일반적으로 사람의 차이는 크게 다르지 않다. 어쩌면 한국은 교육 수준이 비슷해서 그런지도 모르겠다.

남편의 회사는 노팅엄 시내의 외곽에 있다. 처음에 이곳에 왔을 때 나는 거리의 굴러다니는 쓰레기들과 깨진 유리병들을 보고 다소 충격을 받았다. 이곳에 사는 사람들은 주인의식이나 공동체 의식이 없어 보였다. 남편한테 왜 이런 거지 같은 곳에 집을 샀냐고 불평도 하였다. 나는 보다 못해 쓰레기 집게를 사서 수요일 아침마다 남편과 함께 거리의 쓰레기를 주었다. 조금 깨끗해지는 것도 잠시 그다음 날이면 다시 쓰레기가 굴러다녔다. 너무 화도 나고 인간들에 대한 환멸도 느꼈던 것 같다.

그러던 어느 날 그날도 화가 잔뜩 나서 사람들에게 속으로 욕을 해대며 쓰레기를 줍고 있었다. 그런데 불현듯 마음의 소리가 들려왔다. '네 마음은 깨끗하니? 지금 너는 네 마음의 더러운 쓰레기를 치우는 거야.' 머리를 한 대 얻어맞은 것 같았다. 이게 무슨 삶을 통달한 사람 같은 얘기냐 하고 누군가 반문할지도 모르겠지만 그 이후로 나는 쓰레기를 주울 때면 내 마음의 나쁜 마음, 지은 죄들을 치운다고 생각한다. 내 마음 깊은 곳 남들에게 보이지 않는 곳은 나만 아는 쓰레기로 가득 차 있었다. 그걸 깨닫고 나니 나는 내가 쓰레기를 아무렇게나 버리는 사람들과 별반 다르지 않다고 느꼈다. 그리고 사람들에게 향한 미움이 내려 놔졌다.

가기 싫은 곳, 만나고 싶지 않은 사람들이 더러 있다. 그래서 그런 것들이 싫은 영국 사람들은 좀 더 나은 환경으로 이사를 간다. 이민자들이 모여드는 런던 중심부를 떠나 외곽으로 좀 더 조용하고 자연환경이 좋은 곳으로 이사를 간다. 우리 같으면 전철 가깝고 쇼핑하기 좋은 곳이 인기가 많겠지만 영국은 오히려 정반대인 이유이다. 그런 곳은 사람들이 많이 모여드는 것만큼 범죄율도 높고 지저분하기 때문이다.

나는 영국에 와서 사람이 참 다양하고 다르다는 것을 알게 되었다. 빈부의 차, 피부색의 차, 생김새의 차이, 의식의 차, 음식의 차, 종교의 차이, 각기 떠나온 출신지에 따라 차이가 너무나 컸다.

내가 영국에 살면서 한국에 살 때와 달라진 생각이 있다면 사람의 차이를 이해하고 인정하게 되었다는 것이다. 요즘 같은 세상에 외모에 대해 말하기 좀 그렇지만 단순히 얘기하자면 까만 사람이나 하얀 사람이나 노란 사람이나 키가 큰 사람이나 작은 사람이나 머리가 곱슬이거나 아니거나 다 같이 그들만의 고유한 정체성을 인정하게 되었다. 다 나름대로 하나님 보시기에는 아름답다. 한국 사람들이 나에게 꼭 하는 질문이 있다. 영국에 인종차별이 없냐고. 나는 인종차별은 어디나 존재한다고 한국은 없냐고 반문한다. 그러면서 한마디 덧붙인다. 사실 영국에서 인종차별보다는 사람차별이 있다고 말한다. 까만 사람도 좋은 사람이면 좋은 거고 하얀 사람도 나쁜 사람이면 나쁜 거다. 피부색으로 차별하는 게 아니라 사실은 사람이 좋지 않기 때문에 차별을 하는 경우가 더 많다고 얘기한다.

한국 같으면 생전 만나 보기도 어려운 사람들을 동네 영어 클래스에서 만났다. 보기 싫으면 안 보면 그만이겠지만 그들도 우리와 함께 같은 커뮤니티에서 살아가는 사람들이다. 나와 별반 다르지 않다. 조금 다르다고 선입견을 가지고 볼 필요도 없다. 어쩌면 소외되고 가난한, 내 도움이 필요한 이웃일 수도 있다. 멀리 우크라이나만 생각하지 말고 가까운 곳부터 살필 일이다. 집으로 돌아오는 길에 처음에 들었던 황당함도 잠시 집에 도착했을 때에는 그 사람들이 궁금해졌다. 다음 만남이 기대되는 이유다.

배우는 곳

"사람이 마음으로
자기의 길을 계획할지라도
그의 걸음을 인도하시는 이는 하나님이라."

엄마표 영어 먹힐까?

큰아이가 만 7세에 영국에 와서 처음으로 영국의 공립학교에 가는 날이었다. 아이를 학교에 데려다주고 노심초사 불안한 마음으로 시간을 보내고 학교가 끝날 시간에 맞추어서 아이를 데리러 갔다. 교정 저 멀리 천천히 걸어 나오는 아이가 보였다. 아이와 눈이 딱 마주쳤다. 엄마라면 알 것이다. 아이의 눈을 보는 순간 엄마의 마음 떨림을. 아이가 웃는다. 나도 빙그레 웃으며 말없이 아이의 손을 잡았다. 그리고 집으로 걸어오는 길에 아무렇지 않게 아이에게 물었다.

"영아! 오늘 선생님이 말하는 거 다 이해했니?" 아이는 "네, 다 이해했어요!" 아무렇지도 않게 대답했다. 나는 놀라서 눈을 동그랗게 뜨며 재차 물었다.

"정말? 선생님이 무슨 말을 하는지 다 알아들었어?" 그랬더니. 또 "네에. 다 알아들었어요." 높은 목소리로 당연하다는 듯 얘기한다.

나는 내심 기쁘기도 하고 스스로가 뿌듯해져서 느릿느릿한 어조로 아이에게 말했다. "엄마가 너한테 영어를 열심히 가르쳐서 네가 그렇게 잘하게 된 거야."라고 얘기를 했다. 그런데 이 녀석이 황당하다는 듯이 말한다. "엄마가 가르쳐서 그런 게 아니구요! 그냥 제가 다 알아들었어요." 나는 다시 한번 느린 어조로 또박또박 강조하며 말했다. "아니 그러니까 엄마가 가르쳤으니까 네가 다 알아들은 거지!!" 그러자, 아이도 지지 않았다. 엄마가 가르친 게 아니라 자기가 그냥 영어를 잘한 거란다. 집으로 돌아오는 긴 골목길이 끝날 때까지 나는 이 꼬맹이 녀석이랑 서로 네가 잘했네 내가 잘했네 티격태격 콩당콩당하면서 왔던 기억이 있다.

아이가 태어나자 내 관심은 온통 아이의 교육에 집중되었다. 그중에서도 영어 교육은 그 당시 즈믄둥이를 둔 모든 엄마의 큰 관심사 중에 하나였다. 그야말로 대한민국에 영어가 종교에 가깝게 광풍이 불던 때였던 것 같다. 성인들의 영어에 대한 한풀이가 내 아이만큼은 영어를 잘하게 만들겠다는 부모들의 보상 심리로 작동했다. 나도 예외는 아니었다. 지금 보면 열성을 가진 엄마 중에서도 나는 열혈 열성의 엄마였다는 생각이 든다.

시중의 대형 서점에 아이들 영어 교육에 관한 책들이 쏟아져 나왔다. 많은 책을 읽었지만, 그중에서도 내 눈에 들어온 것은 이제 막 태어난 내 아이에게 적합한 유아 영어에 관련된 책들이었다. 나는 어차피 육아로 인해 일을 못 하고 있을 때였으므로이 기회에 아이에게 영어도 가르치면서 나도 좀 배우고 싶은 욕심이 있었다. 그 당시 유명했던 교재를 하나 사서 달달 외웠다. 잘 암기가 안 되는 것들은 포스트잇에 써서 집안 곳곳에 붙여놓았다. 아기 분유통에, 기저귀 바구니에, 싱크대 상부 장에, 냉장고 등등에 붙여 놓고 상황이 되면 가능한 한 영어로 말을 하려고 했다. 온라인 영어 동화 강좌도 등록했다. 아기를 재워 놓고 밤마다 강의를 들었다. 영어 동화책을 가지고 어떻게 활용해서 아이에게 영어를 가르치는지에 관한 상세한 방법들을 배웠다. 아이가 조금 크자 영어 동화책을 읽어 줬다. Donald Crews의 화물열차(Freight Train), 스쿨버스(School Bus), 트럭(Truck)등 남자 아이들이 좋아할 만한 탈것에 관한 책들, 액티비티로 활용하기에 좋은 《We're Going On a Bear Hunt(Michael Rosen and Helen Oxenbury)》나 《The Very Hungry Caterpillar(Eric Carle)》등등 다양한 책을 접하게 해 줬다. 먼저 영어로 읽어 주고 CD로 들려주고, 같이 노래하고, 나아가 동화책에 나온 내용을 실재 모형으로 만들어서 아이와 그걸 가지고 놀아 줬다. 예를 들어 〈Three Little Pigs〉의 경우, 먼저 아이와 같이 읽고, 아기 돼지 삼 형제 캐릭터를 프린트해서 코팅한 다음에 나무젓가

락에 붙였다. 그리고 짚으로 만든 집, 나무로 만든 집, 벽돌로 만든 집 모형을 만들어 책 내용을 그대로 재현하며 놀아 줬다. 아이는 신나서 소꿉놀이하듯이 그걸 가지고 놀았다.

사실 영어 못하는 엄마 혼자서 아이를 가르친다는 게 쉽지는 않았다. 그래서 지역 엄마들 커뮤니티에 들어가서 뜻을 같이하는 엄마들을 모았다. 한 주씩 돌아가면서 한집에 모여 아이들에게 영어 놀이를 해 주었다. 택시를 타고 갈 때도, 집 안에서 아이와 놀 때도, 할 수 있는 한 영어로 얘기를 해 줬다. 그러다가 주변 사람들로부터 쓴 소리와 따가운 눈총도 많이 들었다. 잘못된 발음이 굳어지면 나중에 못 고친다고 대놓고 얘기하는 사람도 있었다. 나는 발음 걱정에 입도 뻥긋 못 하는 것보다는 부족한 발음이라도 영어로 소통하는 게 더 중요하다고 응수했다. 그리고는 그걸 극복하기 위해서 남모르게 밤마다 발음 공부를 했다. 그렇게 한 달 정도 되니 r과 l 발음, f와 p 발음을 정확하게 구분할 줄 알게 되었다. 지금 생각해 보니 좋지도 않은 발음으로 아이한테 꼬부랑말을 씨부렁대고 있었으니 사람들이 보기에 내가 얼마나 재수가 없었을까 싶다. 내 아이 교육 때문에 내가 그 당시는 정말 눈에 보이는 게 없었다. 엄마의 힘이란 정말 무서운 거 같다.

내가 아이에게 영어를 가르칠 때 원칙이 몇 가지 있었다. 주입

식으로 가르치지 않을 것, 영어책을 읽어 줄 것, 읽은 내용을 놀이로 확장해 줄 것 등이다. 그래서 그런지 아이는 책을 정말 좋아했다. 어느 날이었다. 그날도 늦은 밤까지 침대에 앉아서 영어책을 읽어 주고 있었다. 침대 옆에 한 권, 두 권 읽은 책들이 쌓여 가고 있었다. 밤마다 읽어 주는 책이, 열 권은 기본이었다. 외국 영화에서 보면 부모가 배드타임 스토리를 읽어 주면 아이들이 스르르 잠이 들던데 내 아이는 점점 더 눈이 말똥해져서 매일 밤 여간 곤욕이 아니었다. 그날도 내가 거의 지쳐서 아이에게 "이제 정말 잘 시간이야." 하고 사정하고서야 책을 덮고 불을 끌 수 있었다. 아이랑 함께 누웠다. 책 읽다가 지친 엄마가 먼저 잠이 들 찰나였다. 갑자기 아이가 혼잣말을 했다.

"Papa, daddy, father."

나는 순간적으로 너무 놀랐다. 한 번도 papa를 daddy라고, daddy가 father라고 가르쳐 준 적이 없었다. 다만 각기 다른 책에서 다른 호칭으로 아빠를 부르는 책을 읽어 줬을 뿐이었는데 아이는 어느새 세 가지 단어가 같은 의미라는 것을 저절로 깨우치고 있었다. 그렇게 수년간 학습이 아닌 놀이로 아이에게 영어를 접하게 해 줬다. 영어가 많이 부족한 엄마로서는 쉽지 않은 시간이었다. 부족한 듣기와 발음은 CD, 그리고 유아 영어 사이트들을 이용해서 해결했다.

아이의 영국학교 첫 등교 날 아이와 나눈 대화를 통해 나는 그동안의 고생에 대한 보상을 받은 기분이었다.

아이한테 사용하기 위해서 엄마가 먼저 공부했다는 것을, 엄마가 그동안 얼마나 힘들었는지를, 아이는 눈치채지 못했었나 보다. 아이는 엄마가 보상받은 날 아이러니하게도 엄마의 공을 인정하지 않았다. 어쩌면 당연했다. 아이 입장에서는 한 번도 영어를 배운 적이 없는 것이다. 그러거나 말거나 경험상 순수 한국인 엄마의 엄마표 영어는 영국에서도 통하더라이다.

영국의 음악 교육

작은아이가 피아노 디플로마 시험을 앞두고 있었다. 거의 십여 년 가까이 피아노를 치고 모든 그레이드를 다 마친 후에 음악 전문 과정인 디플로마 과정에 응시하게 된 것이다.

영국의 음악 교육은 한국과는 다르게 좀 더 체계적이라고 할 수 있다. 일반적으로 악기 교육을 한다고 하면 Grade 시험을 보며 실력을 쌓아 간다. 주로 공신력 있는 Music Board인 ABRSM이나 Trinity Exam Board에서 주관하는 시험을 본다. ABRSM의 경우. 그레이드가 1단계에서 8단계로 나누어져 있는데 단계별로 본인이 선택한 3개의 곡을 연주한 점수와, 이론 테스트(Oral, Sight Reading, Scale)를 합한 점수로 합격이 결정된다. 우리나라의 음악 교육보다는 좀 더 기술적 접근이지 않나 싶다. Grade 1부터 시작해 마지막 Grade 8까지를 완주하고자 하면 보통 8년이 걸린다.

합격도 점수에 따라서 패스(pass), 메리트(merit, 우수), 디스팅션(distinction, 최우수)으로 세분되고 물론 Certificate에는

'pass with distinction' 이런 식으로 구체적인 점수가 명시 된다. 악기 레슨은 한 주에 한 번 20분에서 1시간 정도 받는데 그러다 보니 통상 그레이드 8까지 가는 게 오랜 시간이 걸린다. 우리 아이들도 영국에 오고, 얼마 지나지 않아서 악기 레슨을 시작하게 되었다. 특히 피아노에 취미가 있었던 작은아이는 Grade 8까지 다 마치자, 보다 전문가 과정인 디플로마 시험에 도전하고 싶어 했다.

디플로마 시험을 준비하게 된 아이는 학교에 가서도 쉬는 시간은 물론 점심시간마다 학교 강당에 가서 피아노를 쳤다. 시험을 위한 대비이기도 했겠지만, 학교 강당에서 연주를 하고 있으면 이따금 그곳을 지나가는 친구들이나 선생님들한테 받는 찬사가 좋았었던 것 같다. 학교에서만 그렇게 연습하는 게 아니라 집에 와서도 매일 한두 시간씩 연습을 하였다. 아무리 아름다운 곡이라 해도 듣는 것도 한두 번이지 몇 달간 같은 곡을 들어주는 것은 여간 곤혹스러운 게 아니었다. 악기 교육을 시키는 부모들이라면 아마도 공감할 것이다.

그렇게 디플로마를 위한 연주곡이 다 완성되어 가고 있었다. 나는 우리가 살고 있는 인근 지역에 뮤직 페스티벌이 있다는 것을 오래전에 어렴풋이 들어 알고 있었다. 아이가 디플로마를 준비하게 되자 불현듯 '어쩌면 디플로마를 위해 준비한 곡으로 그

대회에 참가할 수 있지 않을까.' 하는 생각이 들었다. 디플로마 시험을 보기 전 연습도 할 겸 좋은 기회인 것도 같았다. 아이에게 물어보니 아이도 좋은 아이디어인 것 같다고 했다. 그렇게 엄마의 권유로 갑작스럽게 아이가 뮤직 페스티벌의 피아노 부분에 출전하게 되었다.

대회 당일이 되었다. 음악에 조예가 깊지 않은 남편과 나로서는 경연에 참가하는 참가자들 모두가 다 훌륭해 보였다. 그중에서도 특히 눈에 띄는 한 아이가 있었는데 우리가 보기에도 그 아이는 거의 전문 프로 피아니스트에 가까워 보였다. 나중에 알고 보니 그 아이는 영국에서도 유명한 퍼셀 뮤직스쿨이라는 음악학교의 촉망받는 학생이었다. 피아니스트로서 느껴지는 포스가 대단했다. 고개를 꼿꼿이 들고 자신감 있게 치는 그 아이의 퍼포먼스에는 카리스마가 넘쳐 났다. 선정한 연주곡도 비교적 현대음악으로 아주 난해한 곡이었다. 참가자들이 기가 죽을 만했다.

우리 아이 차례가 되었다. 대회를 위해 특별히 마련한 나비넥타이를 매고 무대 중앙으로 아이가 올라왔다. 인사를 하고 그랜드 피아노 앞에 앉았다. 잠깐 숨 고르기를 하고, 연주를 시작했다. 나와 남편은 무대가 가까운 객석, 심사위원들의 뒤쪽에 앉아서 숨죽이며 바라보았다. 아마도 이런 경험이 있는 부모라면 알 것이다. 무대에 오르는 아이보다 그걸 바라보는 부모가 더 떨릴 거라는 것을. 기대도 안 하고 디플로마 준비를 위해 연습 삼아 나간 자리였건만 그래도 긴장이 되는 건 어쩔 수 없었다.

먼저 General category 부문에서 〈Piano Sonanta-Beethoven Op. 2 No. 1〉을 연주했다. 그리고 두 번째로 Under 18 부문의 〈Nocturne-Chopin Op. 9 No. 2〉를 연주하기 시작했다. 우리 아이만의 인터프리테이션이 감미로웠다. 연습할 때 그렇게 많이 들었건만 오늘은 더욱 새로웠다. 아이는 내가 보기에는 전혀 떨지 않고 음악에 빠져서 머리를 부드럽게 움직이며 쇼팽과 대화를 하고 있었다. 호흡을 멈추며 쉼을 두는가 싶더니 부드럽게 공중에 뜬 손이 천천히 내려오며 레가토로 마지막을 마무리했다. 박수가 터져 나왔다. 다른 참가자들보다 박수 소리가 더 크게 느껴진 건 순전히 부모로서 느끼는 착각이었을까. 아니 그렇다고 해도, 그것만으로도, 그렇게 큰 무대에 서서 연주한 것만으로도, 무대 중앙에 스포트라이트를 받으며 모두가 숨죽여서 들은 것만으로도, 오늘만큼은 내 마음속의 주인공은 우리 아들이었다.

참가자들의 실력이 너무나 출중해서 사실 입상은 생각하지 못했다. 하나둘 입상자들이 불려도 그냥 우리는 기대 없이 축하해 주며 박수를 쳐 주었다. 마지막으로 Under 18 카테고리의 최종 우승자를 호명할 때 올해는 우승자가 두 명이라고 했다. 공동 우승자의 한 사람을 부를 때 엉덩이가 들썩했다. 우리 아이였다. 다른 한 명은 퍼셀스쿨의 그 청년이었다. 나와 남편은 감격스럽다 못해 눈물이 날 지경이었다. 나중에 들은 소식이지만 우리 아이와 공동으로 우승한 그 청년은 나중에, BBC에서 선정한 올해의 Young Musician으로 뽑히면서 피아니스트로서의 길을 잘 가고 있다고 한다. 프로와 아마추어가 견주어서 공동 우승을 한 것이었다.

그렇게 그날은 우리 인생의 최고의 하이라이트 같은 날이었다. 아이의 기쁨도 컸겠지만 10여 년간 뒷바라지한 부모의 기쁨, 특히, 남편의 기쁨은 정말 컸다. 본인이 늘 꿈꾸던 본인 인생의 최고의 날 중에 하나라고 지금도 말하곤 한다. 어려서 피아노를 배우고 싶었지만, 가정 형편상 기회를 놓쳤던 남편은 작은아이의 입상을 통해 마치 본인이 박수갈채를 받는 것 같은 기분이었다고 한다.

영국에서는 대학에서 음악을 전공할 사람이 아니라도 취미로 오랫동안 악기를 배우는 아이들이 많다. 악기에 관심이 있는 아이라면 기본적으로 두 가지 이상의 악기 레슨을 받는다. 아이들이 다니는 고등학교에서는 매해 지역의 교회에서 콘서트가 열렸다. 약 20여 건의 연주에는 합창, 기타 합주, 브라스밴드, 유클레이 합주, 플루트 앙상블, 팝밴드, 오케스트라, 스트링 앙상블, 피아노 솔로 등이 있다. 각기 다른 악기를 가지고 아이들은 자기의 기량을 자랑하는데 큰아이 친구이자 나중에 옥스퍼드 의대를 간 죠지는 공부하기도 바빴을 텐데 유클레이, 기타, 합창, 바이올린 등 4가지 악기를 다루었다. 그래서 콘서트가 열리는 날에는 한 무대에 4번씩이나 오르곤 했다.

우리 큰아이는 피아노와 Singing Lesson(영국은 Voice도 Grade가 있다)만 시켰다. 그렇다고 해도 피아노는 10년, Voice lesson은 6년을 한 셈이니 거의 고등학교 내내 전공할 것도 아닌 음악을 하고 있었다고 보면 된다. 작은 아이는 피아노, 첼로, 플루트 세 가지 악기를 했다. 뮤직 페스티벌에서 우승한 이후 본 디플로마 시험에서도 좋은 성적으로 합격하였다. 둘 다 고등학교 내내 공부보다도 합창단원으로 혹은 솔로로, 첼리스트로 플루티스트 등 음악 활동으로 바빴다.

아이들은 고등학교 내내 음악을 했던 것이 굉장히 좋은 경험이었고 동시에 그것을 큰 특권으로 여겼다. 영국의 부모들은 자녀들의 음악 교육을 매우 중시한다. 이에 반해 빠르면 초등학교 때부터 입시 준비에 몰두해 음악을 경시하는 한국의 현실이 다소 안타깝다. 사실 나도 음악 교육을 중요시하는 영국의 분위기가 있었기에 아이들의 악기 교육에 더 열심을 내지 않았나 싶다. 예전과는 많이 달라졌다고 해도 아직도 한국의 아이들은 중학교만 들어가면 피아노를 치던 아이도 그만둔다는 안타까운 얘기를 들은 적이 있다. 세상이 많이 바뀌었다. 암기 위주의 공부로 승부를 걸던 시대도 더 이상 아닌 듯싶다. 어린 시절 꾸준한 음악 교육으로 균형과 조화를 터득하며 아울러 평생 행복할 수 있는 무기가 하나쯤 있다는 것, 긴 인생 가운데 큰 기쁨이 되지 않을까….

영국의 역사 교육

- 영국 것은 없다

아이들이 어렸을 때 자주 보던 TV 프로그램이 하나 있었다. BBC의 어린이 채널 CBBC에서 하던 프로그램으로 〈Horrible Histories〉가 바로 그것이다. 한국에서도 아는 사람이 꽤 있다. 물론 이 BBC 프로그램도 그 책을 원안으로 해서 만들어졌다.

내가 기억한 그날도, 아이들이 그 프로그램을 보고 있었다. 그런데 아주 배꼽을 잡고 깔깔대며 보고 있는 것이었다. 나도 뭐가 그렇게 재미있나 하고 궁금해서 들여다보았다. 그날은 20세기 초 빅토리안 시대(The Vile Victorians) 이야기를 풀어가고 있었다.

빅토리아 여왕과 그녀의 시종(Queen Victoria & Butler)으로 두 배우가 나와서 〈British Things〉라는 노래를 코믹하게 부르고 있었다. 그런데 이 노래의 가사가 당시 나로서는 너무나도 놀라웠다.

빅토리아 여왕이 평소에 즐기는 많은 것들이 사실은 다른 나라 것이라는 것을 알게 된다는 내용이었다. 그때 들었던 그 노래 내용을 기억을 더듬어 다시 한번 살펴보면 다음과 같다.

빅토리아 여왕: 나는 영국 여왕인 게 너무 좋아. 너도 알다시피 나는 빅토리아야. 내 영국 차(tea)를 내오렴! 내 집사야, 어디 있느냐?

집사: 폐하, 차는 영국 것이 아닙니다. 인도에서 가져온 것입니다. 근데 여왕님이 즐기시는 차 한 잔을 위하여 인도에서 수천 명이 죽었어요. 그리고 많은 전쟁도 일어났죠.

빅토리아 여왕: 영국의 것들, 나의 영국의 것들. 차(tea)는 영국 것이 아닌 것 같네.

집사: (차를) 조금 달콤하게 만들어 드릴까요?

빅토리아: 좋지! 그러면 설탕은 영국산이라고 말해 줄래?

집사: 죄송스럽게도 아니랍니다. 캐러비안에서 수입한 거예요. 차에 설탕을 넣기 위해 영국은 노예제도를 지지했더랍니다. 아프리카 출신의 노예들은 여왕님의 차를 달콤하게 만들려고 사탕수수 밭에서 열심히 일했답니다.

빅토리아: 영국 것(이 없구나). 나는 영국 것이 많다고 생각했다.

빅토리아 여왕과 집사: 영국의 것들, 우리의 영국의 것들.

집사: 유감스럽게도 거의 없습니다. 폐하도 영국의 면 재킷을 (영국 것으로) 아시죠?

배우는 곳

빅토리아: 그건 또 뭐가 문제야? (이것도 영국 것이 아니야?) 설명

해 봐라!

집사: 면 목화는 미국에서 왔습니다. 그리고 누군가에 의해서 수확

되었죠….

빅토리아: 또 노예가 (했다는 거냐)!

집사: 여왕님의 제국은 전쟁을 통해 이루어졌지요. 그래서 (영국

의) 수익이 불어난 겁니다. 여왕님의 영국 물건들은 (거의

다) 외국에서 왔습니다. 그리고 대부분은 솔직히 말씀드려

훔쳐 온 것들이죠.

빅토리아: 어서! 다 말해 봐!

집사: 우리 영국 여왕님도 마찬가지로 외국에서 오신 거 아시죠?

빅토리아: 내가 외국서 온 건 사실이지.

집사: 그리고 여왕님의 남편, 알버트 공은요?

빅토리아: 독일 출신 신사지! 그래도 적어도 나는 영국 이름(빅토

리아)을 가지고 있다고.

집사: (아니에요.) 빅토리아라는 이름도 라틴어죠….

빅토리아: 당혹스럽군!

빅토리아 여왕과 집사: 영국 것들, 영국 것들.

빅토리아: 아무것도 (영국 것이) 없구나.

집사: 우리가 가장 좋아하는 영국의 모든 것들은….

빅토리아 여왕과 집사: 모두 다른 나라에서 온 것 같습니다!

집사: 설탕 더 넣을까요? 하하하.

(Victoria: I love to be a British queen. I am Victoria, you see.
Now where's my British butler With my British
cup of tea?

Butler: Tea is not from Britain, ma'am. From India, it was
brought. Yes, for your cuppa, thousands died And
many wars were fought.

Victoria: British things, my British things. It seems that tea is
not. British things, my British things.

Butler: Can I sweeten it a jot?

Victoria: Do tell me sugar's British, though.

Butler: No, it's Caribbean imported. For sugar in your cup of
tea. Slavery's been supported. I know it's wrong, your
majesty But slaves in Africa Worked hard in fields of
sugar cane. To sweeten up your char.

Victoria: British things.

Both: Our British things.

Victoria: I thought that there were many.

Both: British things, our British things.

Butler: Afraid there's hardly any. You know your British

cotton vest?

Victoria: What's wrong with it? Explain.

Butler: The cotton's from America And picked by⋯.

Victoria: Slaves again.

Butler: Your empire's built on fighting wars. That's how your

income's swollen Your British things are from abroad

And most are frankly stolen.

Victoria: Whatever next? Go on! Pray tell!

Butler: Our British queen is foreign as well?

Victoria: It's true, I am of foreign descent.

Butler: And your husband, Albert?

Victoria: A German gent! At least I've got a British name.

Butler: Victoria's Latin⋯.

Victoria: There are none, we declare.

Butler: All our favorite British things

Both: Seem to come from elsewhere!

Butler: More sugar?)

이 노래가 나에게 너무나도 놀라운 이유는 영국인들 스스로 창피할 것 같은 사실들을 태연하게 얘기하고 있다는 것이다. 특히, 일반적으로 영국의 것으로 생각하는 물건 중 영국산이 아닌 것들이 얼마나 많은지 희극적으로 설명하고 있다. 영국의 차는 인도에서, 설탕은 캐러비안에서, 영국의 목화는 미국 노예들의 땀을 통해서 만들어졌음을 알려 준다. 영국의 것들이라고 생각했던 많은 것들이 사실은 외국에서 가져온 것들이고 대부분은 솔직히 훔쳐 온 것이라고도 말한다. 결론적으로 영국 것은 아무것도 없다고 선언한다.

영국의 어린이들 대부분이 보는 TV 프로그램에서 우리가 아는 영국의 것들은 사실은 다 우리 것이 아니라고 시시덕대며 노래하고 있는 게 아닌가. 심지어는 영국 왕조의 정통성조차도 독일에서 왔다고 놀린다. 영국인들의 셀프 디스를 들으며 나도 깔깔깔, 아이들도 깔깔깔 웃었다. 이른바 국뽕이 좀 지나친 한국과 비교해 냉소적인 블랙코미디로 스스로를 비웃는 영국인의 역사에 대한 태도가 놀랍기도 했다.

한국에서 태어나고 교육받은 사람으로서 나에게 역사란 오직 민족주의적 입장에서 해석하는 것이었다. '우리 것은 좋은 것이여.'라는 말이 있듯이 한국 것이라면 무조건 덮어 놓고 좋은 것이고 옳은 듯이 생각했다. 어쩌면 나에게 역사란 국수주의에 반하는 다른 교육은 존재하지 않았던 것 같다.

배우는 곳

이 프로그램의 프로듀서 Richard Bradley는 한 인터뷰에서 이렇게 말하고 있다.

"나는 역사해석에 대해서 '대안적' 스타일을 제시하고 싶었습니다. 그것은 본질적으로 반권위주의적이고 약간은 무정부주의적이며 반항적인 어조입니다. 이러한 역사에 대한 비판적 접근은 영국인이 꽤 잘하는 것 중에 하나라고 생각합니다. 이것이 어린 청중들에게도 정말 적합하고요. 영국에서는 우리는 왕과 여왕을 조롱함으로써 숭배합니다. 그것이 우리의 과거를 바라보는 우리식의 꽤 영국적인 시각입니다. 어떤 한 면을 두고 우리를 영국인이라고 정의를 내릴 수는 없습니다."

이런 교육 때문일까. 영국인들은 대부분 자신의 Horrible History를 쿨하게 인정하는 것 같다. 그리고 조국을 냉소적으로 바라보고, 조롱도 하며 때로는 풍자적 코미디의 단골 소재로도 만든다. 그런데 이상한 것은 이런 자아비판이 영국인 본인들의 정체성에는 조금도 상처를 주지는 않는 것처럼 보인다는 것이다. 영국의 역사와 영국의 것들로 자신들을 영국인이라고 한정 짓지 않고, 조금 떨어져 객관적으로 본인들을 생각해 보기 때문이다. 이렇듯 어릴 때부터 역사에 대해 비판적 사고력을 키운 아이들은 타문화를 존중하는 사람으로 성장하며 이는 점점 다문화 사회로 되어 가는 영국의 통합을 위해서도 긍정적 영향을 미치는 듯하다. 신기한 것은 앞의 빅토리아 여왕의 노래처럼 British Things(영국 것)가 아무것도 없다고 배워도, 내가 경험한 영국인들은 영국인만의 공통된 영국의 정체성이라고 말할 수 있는 British Things가 분명 있어 보인다.

이것은 비단 원산지가 어디냐를 따지는 물건에 국한된 문제만이 아니라 그들의 고유하게 지켜 온 문화에도 녹아 있다. 인도에서 가져온 홍차를 잘 블랜딩해서 잉글리시 블랙퍼스트 티로 만들고 영국인들만의 애프터눈 티타임이라는 문화를 만든 것은 아주 작은 예일 것이다. 영국인이 하루 중 가장 많이 쓰는 단어는 Sorry라고 한다. 길을 가다가 혹은 지하철에서 조금만 스쳐도 미안하다고 얘기한다. 웬만하면 다른 사람들에게 양보하고 배려하는 아름다운 예절문화를 가지고 있다. 무엇보다도 그들이 재생산한 문화자산과 정체성에 대해 강한 자부심을 가지고 있다. 국수주의 교육이 없어도, 그들의 그 자신감과 여유를 가질 만한 British Things는 있어 보인다. 지금의 그 여유는 어쩌면 오랫동안 세계 문화를 선도해 왔던 이미 넘어설 수 없는 강력한 문화자산(Cultural Capital)에서 오는 선진국의 여유가 아닐까.

영국의 공립학교

- 그라마 스쿨 가기

영국에서는 옵스테드 리포트(OFSTED Report)라고 학교를 평가하는 정부 기관이 있다. 학부모들은 그곳에서 발행된 평가를 보고 아이가 다닐 학교의 현황을 알 수가 있다. 옵스테드 리포트에서는 여러 항목(Quality of teaching, Achievement of pupils, Behaviour and safety of pupils, Leadership and management)을 조사하여 Outstanding, good, satisfactory, inadequate 4단계로 평가를 한다. Outstanding이면 학업성취도가 아주 좋은 학교이고, good이어도 평균은 되는 학교로 볼 수 있겠다.

공립학교에 다니는 대부분의 초등학교 아이들은 집 주변에 있는 세컨더리 스쿨(우리나라 중·고등학교 통합과정)을 가게 되는데 우리 집 근처 공립학교들을 살펴보니 옵스테드 평가가 좋지 않았다. 교육을 중요시 여기는 여느 한국인처럼, 우리 부부의 걱정도 늘어만 갔다. 물론 유명한 사립학교들이 근처에 몇 곳 있었지만, 우리의 교육관과는 맞지 않을뿐더러, 경제적으로도 두 명의 아이를 한꺼번에 사립학교에 보낼 여유는 없었다.

우리는 많은 고민 끝에 차선으로 그라마 스쿨을 보내자는 쪽으로 의견을 보았다. 그라마 스쿨은 우리식으로 굳이 말하면 만 열한 살에 시험(11+: Eleven plus Exam)을 치르고 가는 공립 특수목적 중·고등학교쯤 되는 학교다. 공립학교임에도 학업 성취도가 높아서, 일 년에 옥스브릿지(영국에서 Oxford와 Cambridge 대학을 합쳐서 통상 부르는 말)에 적게는 20명에서 많게는 40명씩 보낸다. 사실 예전에는 그라마 스쿨은 스코틀랜드를 필두로 영국 전역에 있었다고 한다. 이런저런 이유로 많은 학교들이 폐지되고 아쉽게도 지금은 잉글랜드 일부 지역에만 남아 있게 된 학교다. 그라마 스쿨은 주소지와 상관없이 누구나 지원할 수 있는 그라마 스쿨이 있고 반드시 그 지역에 주소지를 두고 살아야 갈 수 있는 그라마 스쿨이 있다.

우리는 그 지역에 살아야 지원할 수 있는 그라마 스쿨 즉, 캐치먼트 에어리어(Catchment Area) 안에 살아야 지원할 수 있는 곳으로 이사를 가기로 결정했다. 이런 말을 하면 부끄럽지만 맹모삼천지교 뭐 그런 셈이었다. 런던 지하철 메트로폴리탄 라인의 가장 끝 9존에 위치한 한 그라마 스쿨을 목표로 삼았다. 아이 교육을 이유로 이사를 결심하고 주말마다 런던 5존에 있는 우리 집에서 9존까지 자동차로 집을 보러 다녔다. 작은 타운이기도 하고 워낙 인기가 많은 지역이라 렌트하는 집이 쉽사리 나오지 않았다. 영국도 한국과 마찬가지로 학군이 좋은 곳은 인기가 많고 집값이 비싸고 귀하다. 그렇게 왔다 갔다 한 1년은 보았던 것 같다. 매물이 잘 나오지 않아서 거의 포기하려던 찰나에 다행히 적당한 지역에 작은 테라스드 하우스를 얻을 수 있게 되었다. 큰아이가 11+를 보기 2년, 작은아이가 3년 남은 시점이었다. 적어도 2년의 여유를 두고 시험(11+ 시험) 준비를 시키고 새로운 학교에도 적응시키고자 이사를 감행하기로 한 것이었다.

우리 가족의 영국에서의 첫 보금자리를 떠나기로 마음먹고 새로 이사할 집을 계약을 하고 집으로 돌아온 날을 잊을 수가 없다. 벽난로가 있는 리셉션룸(한국의 거실 개념의 방)에 앉아서 지금 우리가 무슨 일을 저지른 것인가. 영국에 우리 가족이 처음 오고부터 3년 반 동안 웃고 울며 생활한 보금자리를 떠난다고 생각하니 갑자기 마음 깊은 곳에서 마치 연인과의 헤어짐처럼 가슴이 아렸다. 그동안 우리 가족과 희로애락을 함께했던 집에게 미안한 마음이 들었다. 내 집도 아닌데 정이 많이 들었다. 이제 또 새로운 곳에 가면 어떤 삶이 기다리고 있을까 두려움도 컸다.

그렇게 무거운 마음으로 새로 이사한 집은 예상외로 좋았다. 집의 크기는 반으로 줄어들고, 렌트비도 오히려 더 비쌌지만 대신 너무나 따뜻했다. 몇 년 만에 살아 보는 따뜻한 집이었다. 영국에서 집주인이 거주하는 집이 아니라 세를 주는 집은 단열재(Insulation)를 벽에 넣지 않은 집이 많다. 우리 가족의 이전 집도 겉으로는 멋진 집이었지만 그런 집이었다. 작지만 따뜻한 새집으로 이사 오자 그동안 추운 곳에 적응되어 있던 아이들의 얼굴이 빨간 사과가 되었다. 그리고 행복이 찾아왔다. 집이 따뜻해야 행복해진다는 것을 알았다. 이전 집에서는 아이들이 목욕을 하고 나면 추워서 오들오들 떨며 라디에이터에 등을 대고 카펫에 앉아 있곤 하였다. 추위를 유난히 많이 타는 나 역시 인스턴트 라디에이터를 옆에 끼고 살았다. 보일러를 돌려도 라디에이터 주변만 따뜻할 뿐, 보일러를 끄면 바로 100년 전 벽돌 사이로 찬바람이 도는 집이었다. 영국 집들은 으레 다 그러려니 했었는데…, 그렇지 않다는 것을 알게 되자 이전 인도인 집주인의 인색함이 원망스러웠다.

따뜻한 집이 주는 기쁨도 잠시, 당장 큰아이가 급했다. 딱 2년을 준비해야 했다. 물론 Year 1부터 나름대로 영어 Tutor를 붙여서 공부해 오고 있었고 수학은 남편이 봐주고 있었다. 집으로 오는 영어 선생님을 구해서 아이들 영어 공부에 더욱 신경을 썼다. 지인에게 추천받은 개인과외 선생님이신 미스터 클락은 은퇴한 선생님으로 아이들과 레슨이 끝나도 남아서 축구 얘기도 하시고 작은 아이가 관심 있는 축구단의 신문 기사도 오려서 가져다주시는 친절한 분이셨다.

하지만 영국의 여느 선생님들과 마찬가지로 과외 선생님도 아이의 시험합격을 위한 전략이나 책임감은 없으셨다. 선생님이 있어도 결국은 시험은 아이와 부모의 몫이었다. 당시 11+는 Verbal Reasoning과 Non verbal Reasoning 두 가지 시험을 봐서 합산하여 일정 점수가 되면 합격하는 시험이었다(지금은 한 번만 보는 시험으로 바뀌었다고 한다). 두 번의 시험을 봐서 둘 중 높은 점수로 결정되는 시험이었다. 그러니 두 번의 시험 중 하나만 잘 보면 되었다. 시험을 100일 남겨 놓고 아이와 함께 100일 작전을 세웠다.

워터스톤(Waterstone, 영국의 가장 큰 서점 체인)에 가면 지난 시험을 묶어놓은 다양한 역대 기출 문제지(Past Practice Paper)가 있었다. 필요하다 싶은 것은 다 사서 구비해 놓았다. 나도 경험해 보지 못한 교육시스템과 공부를 아이에게 지도한다는 게 막막하고 힘이 들었다. 내 지식과 경험 내에서 하는 수밖에 없었다. 우리 가족이 사는 타운 주변에 한국인은 한 명도 없었다. 아는 영국인 학부형도 그저 인사만 하는 정도였다. 게다가 그들은 시험에 대해서는 다들 이상하게도 애써 태연한 척, '모르쇠'로 일관했다(호들갑 떨지 않는 영국인의 특성이라고 생각된다).

첫 번째 기출문제 페이퍼를 시험 삼아 아이에게 풀어 보게 했다. 실제 시험 시간을 세팅해 놓고 그 조건대로 연습해 보는 거였다. 규정된 시간은 넘었는데 큰아이는 문제를 반밖에 풀지 못했다. 고지식한 아이는 모르는 문제가 나오면 그 문제를 푸느라 더 나아가질 못했다. 실력뿐 아니라 문제를 푸는 연습이 필요했다. 매일 아침 6시에 페이퍼를 식탁에 올려놓고 시계를 세팅해 줬다. 아침에 일어나자마자 문제를 풀게 하고 정해진 시간이 되면 멈추게 했다. 학교에 갔다 와서도 저녁 식사 후 다른 페이퍼를 풀게 했다. 매일 두 개의 페이퍼를 풀게 하고 틀린 문제는 다 적어서 오답 노트를 만들었다. 그리고 오답 노트의 문제를 다시 또 내어주고 풀게 했다. 그렇게 시간이 가고 드디어 시험을 보는 날이었다. 아침에 아이를 학교에 데리고 가면서 말없이 꼭 안아 주었다. 아이가 못내 떨리는 마음을 감추며 엄마에게 웃음을 지어주었다.

시험을 보는 날의 분위기는 여느 날과 다르지 않았다. 어느 학부모도, 학생도, 그 누구도 호들갑을 떠는 사람들은 없었다. 방과 후에 아이에게 물어보니 어떤 친구는 너무 떨려서 엄마가 애착 인형을 보내 줬다고 했다. 속으로 '그러면 그렇지…' 하는 생각이 들었다. 다른 학부모도 학생도 다 긴장하면서도 겉으로는 티를 내지 않았던 것이다. 어쩌면 그렇게 다들 처연하게 대처하는지…. 자녀의 입시 날에는, 대한민국이 요동치는 곳에서 자란 나로서는 영국 학부모들의 태도는 정말 놀라움 그 자체이다.

두 번의 시험을 일주일 간격으로 마치고 아이도 나도 떨며 기다리던 한 달이 지나고 결과가 나왔다. 다행이도 합격이었다. 결과를 받고 안도하고 기뻐하던 아이의 모습이 지금도 선명하게 기억난다. 어쩌면 큰아이 인생에서 노력해서 얻은 첫 번째 성취가 아니었을까. 나도 내가 뭐라도 된 것마냥 기뻤다.

영국의 중·고등학교 생활

- 그라마 스쿨에 감사하며

    그라마 스쿨은 원래는 중세가 끝나고 근세가 시작되던 16세기 무렵 영국에서 라틴어 문법 교육을 위하여 만들어진 학교였다. 당시에는 유럽 문명의 근본이 되는 라틴어를 배울 필요가 있었기에 비교적 여유가 있는 집의 자제이거나, 뛰어난 인재의 경우 장학금을 받아 입학하였다고 한다.

    몇 세기를 걸쳐서 오래도록 유지되어 오던 그라마 스쿨은 2차 대전이 끝나고 중등 교육과정이 의무교육으로 전환되면서 논란이 되었다. 돈은 정부로부터 대부분 지원받으면서도 정부의 교육 커리큘럼을 따르지 않고 독자적으로 엘리트 교육을 추구했기 때문이다. 따라서 그라마 스쿨은 1970년대를 거치며 평등 사회를 추구하는 노동당 정부의 압박 및 학생 증가에 따른 학교 재정 상황 악화로 인해 급속도로 정부가 통제하는 공립학교로 전환되어 갔다. 다시 말해서, 정부의 도움 없이 학부모의 돈으로 운영되는 소수의 사립학교와 정부의 지원을 받으며 정부의 커리큘럼을 따르는 다수의 일반 공립학교로 전환되었다.

영국의 유명한 사립학교 '이튼 스쿨'이나 '하로우 스쿨'도 원래는 그라마 스쿨이었다. 이런 와중에 공립이지만 사립학교같이 독자적 교육 시스템을 유지하는 '그라마 스쿨'이 잉글랜드의 소수 지역에서 살아남았다. (영국에서 이 시기를 지나며 잉글랜드를 제외하고, 스코틀랜드, 웨일즈, 아일랜드는 그라마 스쿨이 모두 사라졌다.) 일부 지역에서만 지방 정부와 지역 유지들의 후원으로 오랜 기간 마을의 자랑이었던 그라마 스쿨을 지역사회의 지원으로 유지한 것이다.

일부 영국인들은 그라마 스쿨을 중산층만의 학교이며, 아이들을 차별화해서 소수의 아이들에게만 특혜를 준다는 비판의 소리를 내고 있다. 노동당의 당수였던 극좌 사회주의자인 제레미 코빈은 본인의 아이들을 그라마 스쿨에 보내는 문제를 두고 부인과 싸우다가 결국 이혼했다고 한다. 그의 큰아들은 결국 부인의 소망대로 영국에서는 최상위 그라마 스쿨 중의 하나인 Queen Elizabeth School에 갔다. 아직도 제레미 코빈은 계급사회를 획책하는 그라마 스쿨이 더 이상 늘지 않도록 억제하는 일에 앞장서고 있다.

아이들이 다녔던 닥터 첼로나 그라마 스쿨은 1624년 목사이자 박사였던 로버트 첼로나의 유언에 의해서 설립되었다. 그러니까 400년의 명맥을 유지해 온 학교이다. 원래는 Year 7부터

Year 13까지 모두 남자학교였지만 몇 년 전부터 대학에 진학하는 고학년 때(Year 12부터)는 여학생의 입학도 허용한다.

대학 진학 등에 있어서 사립학교 못지않은 명성을 유지하며 지역 사회의 자랑이기도 한 그라마 스쿨에 가는 것은 다소 경제적으로 여유가 없는 가정의 아이들에게 질 높은 교육을 받을 수 있는 훌륭한 대안이라고 생각된다.

그라마 스쿨이 어떻게 운영되는지 몇 가지를 소개할까 한다.

일단 이 학교는 교장 선생님을 비롯해 많은 선생님들이 박사이거나 혹은 옥스브릿지 출신이다. 학생들도 졸업 후 대부분 유수의 대학에 진학했는데 소위 영국 최고의 대학이라는 옥스퍼드와 케임브리지 대학에도 180여 명의 학생 중 매해 20명 이상 진학한다.

전통적으로 영국의 학교에 있는 하우스(House)라는 개념도 잘 유지하고 있다. 이해하기 쉽게 말하자면 청군 백군으로 나누어 경쟁하는 시스템이라고 보면 된다. 닥터 첼로나 그라마 스쿨도 마찬가지로, Foxell, Hollman, Newman, Pearson, Rayner, Thorne의 6개의 하우스가 있는데 이전 교장 선생님들의 이름을 따서 만들었다. 각 학년마다 6개의 하우스가 있고 이 하우스들끼리 스포츠를 중심으로 토론(Debating), 드라마, 음악 등으로 경쟁을 한다. 입학 시 배정되는 이 하우스는 학교를 졸업할 때까지 유지된다. 아이들의 학교에서는 하우스마다 디자인과 색깔이 다른 넥타이를 착용하여 구분을 하였다. 이 하우스 시스템은 소속감과 건전한 경쟁, 리더십 등을 배우기에 좋은 제도인 것 같다.

우리 부부가 아이들을 런던 외곽인 그라마 스쿨에 보내려고 했던 큰 이유 중의 하나가 바로 이러한 균형 잡힌 교육 때문이었다. 런던에서도 소위 탑 랭킹에 있는 몇몇 그라마 스쿨은 거주하는 지역과 상관없이 지원할 수가 있다. 그런 곳은 입학부터 졸업까지 지나친 경쟁으로 한국에서의 입시 열기에 못지않은 압박을 학생도 학부모도 받는다는 걸 익히 들어서 알고 있었다. 나는 우리 아이들이 그렇게 입시에 몰입하는 공부를 하게 하고 싶지는 않았다. 그래서 지역 거주민만 실질적으로 지원 가능한 곳, 그래서 경쟁은 좀 덜 치열하지만, 비교적 자율적으로 공부하는, 지역 그라마 스쿨을 선택하였던 것이다.

매년 열리는 학교 홀에서의 Assembly 시간에는 스포츠, 음악 활동과 같은 학업 외의 분야에서도 두드러진 학생을 선정해서 상을 주었다. 물론 학업 성취를 위한 격려도 자연스럽게 이루어졌다. 학교 행사가 열리는 학교 홀 양옆의 벽에는 나무로 된 커다란 판이 있다. 그곳에는 역대 옥스브리지에 간 선배들의 이름이

기재되어 있다. 언젠가 우리 아이가 지나가는 말로 자신의 이름도 저기에 있었으면 좋겠다고 얘기를 했던 게 기억이 난다. 왜 아니겠는가. 학생도 학부모도 그 새겨진 이름들을 보며 꿈을 꾼다.

아이들의 학업과 스포츠, 음악적 기량과 발전을 위한 독려는 비단 상을 수여하는 것에 그치는 것이 아니라 지역 사회와 연계한 다양한 형태로 이루어지고 있다. 예를 들어 학교와 학생들이 주관해서 일 년에 한 번씩 드라마(연극) 공연이 올려지고 음악적 기량을 뽐낼 수 있는 음악 콘서트도 열린다. 학교의 합창단은 지역 교회와 전통적으로 크리스마스 캐럴 예배를 주관하고 있다.

스쿨 트립으로 벨기에와 독일의 Battlefield를, 언어체험으로 파리에 가기도 하고, 과외 활동으로 이탈리아 알프스자락에 스키여행을 다녀오기도 했다(물론 이런 것들은 영국이 유럽대륙과 가까운 위치에 있기에 가능한 것이기는 하다).

학생들은 학교에서 리더십을 키울 수 있는 많은 기회들에 참여할 수 있다. 작게는 반장(Class Rep)과 선도부원(Prefect) 활동으로 학교와 학생들에게 봉사할 수도 있다. 우리 아이들은 기독교 연합(Christian Union)에서 열심히 활동하였다. 큰아이가 졸업할 무렵에는 클럽 대표를 하였는데 학교와 학부모의 재정적 지원 아래 'Mission Week'라는 큰 행사도 주도적으로 계획하고 진행할 수 있었다. 이 행사에서 큰아이는 저명한 옥스퍼드 대학의 교수를 직접 초빙하여 연사로 세웠다.

여러 학교들이 연합하여 참여하는 클럽활동도 있다. 큰아이가 가입한 Model UN은 그 예라 하겠다. 가상의 국가를 대표하여 논쟁하고 반박하는 대회로 우리나라의 인기 TV 프로그램인 〈비정상회담〉 같은 거라고 보면 이해가 쉽겠다. 큰아이 학교가 우승을 하였는데 놀랍게도 부상으로 러시아에서 열리는 콘퍼런스에 참여하는 기회가 주어지기도 했다.

영국 사회가 점점 아름다운 전통과 가치가 무너져 가고 있다는 안타까운 마음을 늘 가지고 있던 작은아이는 교내 'Conservative Society'라는 정치클럽을 만들어서 회원을 모집하고 활동하기도 하였다. 여기에도 물론 학생들의 일을 격려하고 지원하는 선생님들이 있었다. 아이들의 클럽 활동은 주도적으로 생각하고 실행할 수 있는 경험을 쌓는 좋은 기회였다고 생각된다.

체육활동으로도 일 년에 적어도 3개 정도의 구기 종목을 배웠는데 그라마 스쿨 재학 중 하키, 축구, 농구, 네트볼, 배구, 테니스, 배드민턴, 크리켓, 라운더스(Rounders), 카누, 스키 등 다양한 스포츠를 경험하였다. 평소 수영이나 태권도 같은 개인 운동에 치중했던 우리 아이들에게 여럿이 함께하는 스포츠를 통해서 부족한 팀워크의 경험을 가질 수 있었던 것도 감사한 부분이다.

돌이켜보니, 그라마 스쿨을 다니는 여정 속에서 아이들이 많은 것을 경험하고 배웠다고 생각된다. 이렇게 다양한 활동을 하느라 아이들은 늘 바빴다. 하지만 아이들은 힘들어 하지 않고 즐기면서 했다고 한다. 무엇보다도 공부만으로는 배울 수 없는 경험과 추억을 쌓았다는 것은 부인할 수 없다.

　당연한 얘기겠지만 일차적으로 학업능력으로 선발된 그라마 스쿨 학생의 수준은 상당히 높은 편이며 선생님들의 자격 또한 마찬가지이다. 옥스퍼드 대학과 캠브리지 대학의 합격자 중 공립학교 출신이 60%라고 얘기하지만, 사실 그 이면은 일반 공립학교가 아니라 상당수가 그라마 스쿨 출신이라는 얘기가 있다.

　개인적으로는, 부유한 학부모가 지원하는 사립학교 출신 학생이 아니어도, 등록금 부담이 없는 공립학교인 그라마 스쿨이 있어서 영국 사회의 계급 격차가 다소나마 해결될 수 있어서 다행이라고 생각된다. 누구나 노력하면 갈 수 있는 기회의 측면에서 보거나 금전적 측면에서 보아도 그라마 스쿨 진학은 평범한 우리 부부가 우리 아이들에게 줄 수 있었던 최고의 선택이었다고 생각한다.

　나는 아이들이 다니는 그라마 스쿨의 로고가 부착된 교복을 입고 등교하는 청년들을 볼 때마다, 그 무리 속을 우리 두 아들들도 같이 걸어가는 모습을 볼 때마다, 흐뭇한 마음이 들었다. 자신들의 힘으로 명문학교에 입학하여 다닌다는 자부심 또한 청년기에 가질 수 있는 큰 행운이라고 생각된다.

영국의 고등학교 졸업시험

- GCSE

큰아이가 Year 11이 되자 나는 갑자기 마음이 바빠졌다. GCSE 선택과목인 Art 때문이었다. 어릴 때부터 그림 그리는 것을 좋아했던 큰아이는 드로잉 실력이 좋았다. 하지만 색을 잘 못 쓰는 한계가 있었다. Art 선생님께서는 그냥 스케치만 하는 작품을 하면 된다고 얘기를 하셨지만, 나로서는 이것이 어쩌면 큰아이 인생에서 Art를 할 수 있는 마지막 기회라고 생각되니, 이번 기회에 색깔을 쓰는 법을 알려 주고 싶었다. 한국 같으면 미술학원에 보냈겠지만, 영국은 딱히 미술을 배울 수 있는 곳이 없었다. 결국 내가 팔을 걷어붙였다.

GCSE Art 시험은 학교에서 며칠 동안에 걸쳐서 작품을 완성해서 내야 했다. 그 최종작품을 위해서 미리 계획하고 연습이 필요했다. 나는 사실 전공이 아니었음에도 그림을 업으로 삼았던 적이 있던 터라 그림에 대해서는 일가견이 있었다. 하지만 나도 채색이 문제여서 큰아이를 가르치기 위해서는 미리 채색

공부를 하여야 했다. 책도 참고하고 유튜브도 보며 아이보다 먼저 배우고 연습하였다. 그렇게 하여 방학 때마다 색을 쓰는 법과 농도 조절법 등을 연습시켰다. 그리고 최종 작품을 위한 콘셉트가 나오자 강행군이 시작되었다. 먼저 작은 사이즈 캔버스를 가지고 연습하였다. 전체적인 분위기와 컬러의 영감은 영국인이 가장 사랑하는 화가, 윌리엄 터너(William Turner)의 그림을 참고하였다. 큰아이는 인간의 문명이 아무리 위대하다고 해도 하나님이 만드신 자연 앞에서는 아무것도 아니라는 걸 표현하고 싶다고 했다. 낮은 지평선 위에 어두운 실루엣만으로 인간의 도시를 표현하고 그 위에 거대한 구름이 덮고 있는 모습을 구현하고자 했다. 도시 문명을 대표하는 자유여신상, 대영박물관, 빅벤, 피사의 탑, 에펠탑, 그리스신전 등 이 세상 곳곳의 랜드마크가 되는 유명 건축이나 조각들을 그려 넣었다. 문제는 그 위를 덮는 구름이었다. 인류 문명을 덮고 있는 웅장한 구름의 표현과 색과 톤이 중요했다. 같은 작품을 여러 번 그려 보았다. 유화로도 해 보고 아크릴로도 해 보고 최종적으로 사용하기 쉬운 아크릴로 하기로 결정했다. 몇 달간 주말이면 집에서 그림을 그렸다. Art를 선택하지 않는 작은 아이도 덩달아서 함께 그림을 그렸다. 같은 그림을 그려도 같은 색을 써도 신기하게도 세 사람의 그림이 다 달랐다. 엄마와 고등학교에 다니는 다 큰 아이들이 도란도란 앉아서 방과 후 미술 수업이라니… 돌아보니 예기치 않게 즐거운 추억이다.

마침내 GCSE Art 시험이 시작되었다. 아이가 학교에서 그림을 완성하고 최종적으로 제출할 그림을 핸드폰으로 찍어서 보내왔다. 몇 달 동안 계획하고 연습해서 완성한 결실은 나름대로 훌륭했다. 적어도 내 눈에는 멋진 그림이었다.

그런데 결과는 놀랍게도 B였다. 적어도 A는 받을 수는 있는 작품이라고 생각했는데 이해가 되지 않았다. 그리고 나중에 아이가 학교에서 가져온 GCSE 스케치북을 보고 나서야, 그 점수의 이유를 알게 되었다. GCSE Art는 학기 중에 틈틈이 해 온 코스웍(Coursework) 점수와 시험에서 완성한 작품 점수를 합산하여 최종적으로 평가한다. 그런데, 큰아이가 학교에서 가져온 스케치북을 넘겨보니 실력을 가늠해 볼 수 있는 그림을 찾아보기 어려웠다. 군데군데 빈 여백과 성의 없는 그림이 몇 개 있었을 뿐이었다. 최종작품의 점수는 좋았지만 코스워크에서 점수를 잃어버린 것이었다. 실력이 있어도 반드시 채워야 할 양을 못 채운 것이 큰 실수였다. 나는 어이가 없었다. 몇 달간 나는 무엇을 했던가. 물론 공부를 병행하며 Art를 충실히 하기는 어려운 일인 줄은 알지만 아이에게 조금 배신감이 들었다. 아이가 열심히 하고 있다고 생각했는데 아니었다. 나만 바빴던 모양이다. 코스워크라는 개념을 인지하지 못하고 있었던 것도 속상했다. 사실 Art를 전공할 것이 아니었기에 중요한 과목이 아니었지만 그런데도 GCSE 모든 과목 all A라는 엄마의 속물적인? 소망이 무너진 게 화가 났다.

영국의 학교에서 학부모 상담을 할 때마다 선생님들은 말한다. "He is absolutely fine. He's doing very well." 이 말을 곧이곧대로 믿었다가는 낭패를 당할 수 있다는 것을 나중에야 알았다.

GCSE 시험을 앞둔 시점에서 각 과목 선생님들과 상담이 있었다. 학교 홀에 과목별 선생님들이 열을 지어 앉아 계셨다. 예약한 시간에 맞춰서 학부모들이 선생님을 찾아가면 된다. 우리도 아이와 함께 예약한 시간에 맞추어 독일어 선생님께 갔다. 웬일인지 독일어 선생님 표정이 심각하시다. 여태껏 상담했을 때의 모습과는 사뭇 달랐다. 지금 큰아이의 점수로는 예상 점수가 D라고 했다. 그러면서 지금까지 한 번도 본 적 없는 일등부터 꼴등까지 등수가 적힌 리스트를 보여 주었다. 우리 아이가 이 정도 위치에 있다고 손가락으로 가리키신다. 보여 주신 성적별 리스트의 한참 끝이었다. 얼마 전까지 잘하고 있다고 그렇게 칭찬을 하셨던 선생님이 "지금, 이 점수로 볼 때, 향상시킬 수 있을

지 모르겠지만 매일 조금씩이라도 꾸준히 하면 C로 올릴 수는 있지 않을까?"라고 말씀을 하신다. 가슴이 쿵 내려앉았다. '이걸 조언이라고….' 아이한테도 선생님께도 머리를 한대 얻어맞는 느낌이었다.

상담이 끝나고 집으로 돌아오는 길, 모두 말이 없었다. 집에 도착하여 아이를 불러놓고 얘기했다. "언어는 꾸준히 공부하지 않으면 따라가기가 어려운 과목이야. 어쩔 수 없다. 오늘부터라도 매일 하자."라고 아이에게 말했다. 아이도 미안해하며 그러겠다고 다짐했다. 그리고 11+를 준비했을 때처럼 나와 큰아이의 100일 작전이 시작됐다. 시간표를 짜고 매일 아침 조금씩 꾸준히 독일어를 공부하도록 했다.

그렇게 3달이 지나고 최종적으로 아이는 B를 받을 수 있었다. 선생님도 놀라워하셨다. A가 아니지만 A보다 더 기쁜 결과였다. 뒤쳐졌던 공부치고는 정말 대단한 결과라고 생각되었다 성실하게 매일 열심히 잘 따라준 아이가 정말 대견하고 자랑스러웠다.

- GCSE(General Certificate of Secondary Education)

GCSE 과목은 일반적으로 10과목 내지 12과목을 선택한다. Year 9에 선택하여 year 10과 11까지 준비하여 5월경에 시험을 본다. year 7과 year 9까지는 다양한 과목을 공부하다가 year 10이 되면 10과목에 집중해서 공부하게 하는 것이다.

우리 큰아이는 필수과목으로 Maths, Physics, Chemistry, Biology, English Literature, English Language를 하고 선택과목으로 German, History, Art를 하고 HPQ(Higher Project Qualification)라는 과목을 하나 더 했다. 이 과목은 학생 스스로 관심이 있는 분야를 선택하여 Essay나 Object를 만드는 것이다. 사실 외국어 과목은 반드시 한 개는 선택을 해야 하므로 필수과목은 7개인 셈이다. 과목이 다양하다 하지만 사실은 국어 영어 수학 과학과 외국어 한 과목이라고 보면 된다.

아이가 GCSE를 선택할 때 주변에서 들은 말이 있었다. 어떤 특정 과목은 점수가 잘 나오고 어떤 과목은 잘 안 나온다는 얘기였다. 그러면서 무조건 점수가 잘나오는 것을 선택해야 된다고 하였다. 하지만 단언코 우리 아이의 경우 GCSE를 점수를 잘 받을 수 있는 과목으로 선택하지는 않았다. 순수하게 아이가 하고 싶은 과목과 장래에 필요할 것 같은 과목을 중심으로 선택하는 것을 지지해 줬다. 물론 그럼에도 당시에는 몇몇 결과에 있어서 아쉬운 점이 있었던 것도 사실이다. 하지만 지금 큰아이가 걸어가고 있는 방향에 있어서 GCSE 선택과목들이 기초가 되는 것을 보니 그때 그렇게 선택한 것이 참 잘한 일이라는 생각이 든다. 아이 교육은 작은 이익에 연연할 일이 아닌 것 같다.

영국의 대학 입학시험

- A Level

    GCSE가 고등학교 졸업시험 같은 거라면 A Level은 대학교 입학시험쯤으로 보면 될 것 같다. GCSE에서 광범위하게 다양한 공부를 하고 A Level에서는 대학에서 진짜로 전공할 과목을 위하여 준비하는 과정이라고 보면 된다.

    어릴 때부터 역사 과목을 열광적으로 좋아했던 큰아이는 누가 봐도 타고난 문과였다. 주변의 지인들은 대부분 미래의 밥벌이를 위해서는 공대로 보내야 한다고 말했지만, 우리 부부의 생각은 조금 달랐다. 아이들에게 늘 "네가 하고 싶은 것을 해."라고 반복해 말했다. 미래의 발전성이나 시장성 같은 것보다도 그냥 네가 꾸준히 재미있게 할 수 있는 일을 하라고 했다. 이러한 생각은 주위의 기대에 부응하려 내가 무얼 좋아하는지 제대로 된 성찰도 없이 선택하고, 바쁘게만 살다가 돌고 돌아온 우리 부부의 인생사에서 받은 영향도 있었을 것이다. 우리 아이들은 돈은 조금 벌어도 하고 싶은 일, 잘하는 일을 하며 살게 하고 싶었다. "그냥 네가 하고 싶은 일, 잘하는 일을 하다 보면 먹고사는 문제도 해결이 되는 거야." 우리 부부가 늘 아이들에게 한 얘기다. 남들이 들으면 철없는 소리를 아이들에게 했다.

큰아이가 세컨더리 스쿨에 가서 처음 성적을 받았을 때의 일이다. 처음 본 역사 시험 결과로 C 학점을 받고 집에 와서 엉엉 울어댔다. 자칭 타칭 역사 영재라는 큰아이가 자존심에 엄청난 타격을 받은 것이다. 자기는 도무지 이해가 안 된다고 했다. 사실 나도 이해가 되지 않았다. 어떤 특정 분야에선 역사 선생님들보다도 더 많은 지식을 가지고 있었던 아이였다. 나중에 그 이유를 알게 되었다. 영국에는 객관식 시험이 없다는 것을. (혹 객관식이 있다고 해도 그 비중이 크지 않거나 아니면 수업 시간에 선생님이 임의로 하는 퀴즈에 불과하다.) 거의 모든 시험이 주관식 논술이었다. 지식보다는 자기의 생각이나 주장을 어떻게 잘 전달하는지에 초점이 맞춰진 교육이었다. 아무리 많은 역사책을 읽고 아무리 다양한 지식이 있다고 해도 논술을 할 줄 모르면 점수가 잘 나오지 않는 것이다.

그날 이후로 남편은 몇 년간 하프텀(half term) 방학이나 여름 방학, 겨울 방학이 되면 아이들에게 다양한 책을 선정해서 읽히고 에세이를 쓰게 했다. 기억하기로 아담스미스의 《국부론》, 칼 막스의 《자본론》 등 경제학 서적과 플라톤과 아리스토텔레스, 소크라테스 등의 철학서, 루터와 칼뱅, 키에르 케고르가 쓴 여러 종교 서적까지 수많은 책을 읽히고 에세이를 쓰게 했다. 단순히 암기 위주의 지식이 아니라 생각하는 능력을 키워 주기 위함이었다. 큰아이는 역사를 풀어내는 데도 심기일전하여 그 이후로는 A를 놓치는 법이 없었다. 아빠와 함께한 논술 수업이 도움이 되었음은 부인할 수 없는 사실이다.

영국에서는 '모든 과목이 English! English! English!'라는 말이 있다. 결국 모든 시험을 논술로 치러야 하므로 모든 과목이 영어라는 얘기다. A level은 GCSE하고는 다른 상급 레벨이다. 기본적으로 대학교 전공학과 1학년에 해당하는 깊이의 글쓰기가 필요하다. 나는 종종 한국의 지인들과 친구들에게 아이들 영어 교육을 열심히 시키라고 말하곤 했다. 그러면 돌아오는 반응은 대체로 호의적이지 않았던 듯하다. 왜냐하면 본인들의 아이들도 국제학교를 다니거나 아니면 외국에서 어학연수를 하여 영어라고 하면 결코 뒤지지 않는다고 자부하기 때문이다. 그러나 그것은 지극히 한국적인 생각에서 나오는 오해이다. 내가 말하는 영어 교육이라는 것은 단순히 말하고 읽는 것을 얘기하는 것이 아니다. 영국에서 대학 교육 이상의 아카데믹한 분야의 공부를 할수록 높은 수준의 작문실력이 필요하다. 그래서 사실 영국 아이들조차도 작문의 어려움을 느끼며 별도의 공부를 하는 것이다. 영국에서 자란 한인들의 경우를 보더라도 English language 특히 English Literature에서 A를 받는 경우는 드물게 볼 수 있다. 한국말을 잘한다고 해도 국어를 따로 공부해야 하는 것과 마찬가지로 영어공부를 이해해야 한다.

영국의 대학이 3년제임을 보면 고등학교 마지막 A level은 대학의 기초 과정이라고 이해해도 된다. 큰아이는 A Level 과목 선정을 앞두고 밤마다 아빠와 많은 대화를 했다. 그리고 최종적으로 History, Government and Politics, Economics, 그리고 Mathematics를 포함한 네 과목을 선택했다. 수학을 뺀다고 해도 English, English, English 세 과목인 셈이었다.

보통 옥스브릿지를 지원하는 아이들은 4과목을 선택하고 일반대학을 목표로 하는 경우는 3과목만 하면 된다. UCAS라는 대학지원 기관을 통해서 5개 학교까지 지원이 가능하다. 옥스퍼드 대학과 케임브리지 대학은 라이벌답게 두 대학 중 한 군데만 지원할 수 있다. 또한 과목별로 요청하는 시험이 있어 그 시험 준비를 별도로 해야 된다.

큰아이는 오랫동안 소망했던 옥스퍼드 대학을 가기 위해 4과목을 공부를 했는데 정작 옥스퍼드 대학에서 장렬하게 입학을 거절당하고 말았다. 아이의 실망이 컸다. 하지만 큰아이의 학교

생활이나 성적들이 나쁘지 않아서 영국 내 상위 2개 대학의 정치학부에서 조건부 입학 오퍼를 받았다. 한국대학과는 다르게 영국대학은 입학시험을 치루기전에 미리 조건부 오퍼를 주고 그 오퍼 조건에 맞는 점수를 받아오면 최종 합격이 되는 시스템이다. 다시 말해서 만일 대학으로부터 AAA, 세 과목 all A를 받는 조건으로 조건부 오퍼를 받았는데. 최종적으로 A level 시험에서 AAB가 나온다면 불합격되는 것이다.

한 달여 동안 진행된 A level 시험에서 불행히도 큰아이는 A level 과목 중 본인의 가장 큰 강점인 History에서 믿을 수 없는 점수를 받고 말았다. 대학에서 받은 조건부 오퍼에 미달이었고 오퍼를 준 대학에서는 당연히 입학을 거부하였다. 늘 발동이 늦게 걸리는 큰아이에게 History 시험은 A Level 시험 과목 중 첫 번째로 보는 시험이었다. 불안불안했는데 아나나 다를까 3번 치른 역사 시험 중 첫 번째 본 시험을 망쳐 버린 것이다. 눈감고 풀어도 받을 수 있는 어처구니가 없는 점수였다. 시험에는 운도 필요하다는 얘기가 있는데 정말 그랬다.

결국 큰아이는 Clearence라는 제도를 통해 대학에 가게 되었다. 이것은 우리나라로 치면 대학 등록 시 미등록되는 자리를 대기자 리스트에서 순서대로 추가합격자로 올리는 것과 마찬가지이다. 하지만 한국의 경우 사전에 지원한 학교에서만 가능하지만, 영국의 Clearance는 어느 대학이건 입학처에 직접 전화를 걸어서 자리를 줄 수 있는지 물어볼 수가 있다. 이때 대학은 이미 UCAS를 통해 제출한 서류를 검토하고 간단한 인터뷰를 통해서 바로 오퍼를 주는 것이다. 선착순으로 오퍼를 주므로 결과를 받은 당일 여러 대학에 전화해서 빨리 응답받는 것이 중요하다. 우리 아이의 경우 출신 고등학교와 GCSE 점수가 좋게 작용됐던 것 같다. (대학 입장에서는 학생이 A level을 실수로 못 봤다고 해도, GCSE 점수를 보면 이 학생의 학업능력을 가늠할 수 있다.) 뒤늦게 오퍼를 받은 여러 학교 중에서도 Russel Group(역사와 학풍을 자랑하는 영국의 24개 대학) 중 하나인 한 대학의 고대사 전공을 선택하였다. 그렇게 큰아이가 생각지도 못한 대학에, 생각지도 못한 전공으로, 대학생이 되었다.

인생이란 정말 알 수 없는 일이었다. 아이가 대학 갈 때까지 맞춰져 있던 내 자녀교육 시간표 20여 년이 그렇게 허탈하게 끝났다. 나는 아이들을 키우면서 딱히 옥스브릿지를 목표로 세우지는 않았다. 점수로 줄을 세우는 한국 교육 현실에 개탄하며 결과보다는 내실을 키우는데 중점을 두었다. 그런데 그런 나름의 소신이 예상치 못한 성적표를 받고 나니, 막상 '좀 더 전략적이었어야 했었나? 내가 순진했던 건가?' 후회가 밀려왔다. 나 역시 비교의식에서 자유롭지 못한 사람 중에 하나임을, 내가 교만했음을 깨달았다. 인정하고 싶지 않지만 나는 스스로를 너무 과대평가하고 있었던 것이다.

케임브리지 대학 입성기

  큰아들의 대학 입학과정을 보며, 허탈한 마음으로 1년여 허우
적대고 있을 때, 아이는 도리어 자기 인생에 그 어느 때보다도
진지했다. 대학 공부를 병행하며, 세컨더리 최종 시험인 A level
에서 망친 History 과목을 다시 응시했다. 역사를 전공하는 사람
으로 평생 남는 점수를 그렇게 둘 수는 없다고 여긴 듯했다(영
국에서는 취직 시에 보통 A level 과목과 점수를 본다. 어떨 때
는 GCSE까지도 본다). 왕실의 멍청한 Harry 왕자는 A level에서
겨우 두 과목을 했는데 Art에서 B와 Geography에서 D를 맞은
것이 영원히 기록되고 있다. 잘 알려지지 않은 얘기지만. 해리
왕자의 어머니, 영국 국민들의 사랑을 한 몸에 받은 다이아나 왕
비도 GCSE를 두 번씩이나 낙방하는 부끄러운 역사가 있다. 영
국인이라면 평생 따라다니는 점수가 GCSE와 A Level인 것이다.
  아이의 자존심 문제도 있었다. 아이는 대학 2학년 끝날 무렵
대학의 기말고사를 보는 와중에 모교로 돌아가서 그해 대학 진
학을 준비하던 2년 후배들과 같은 교실에서 다소 창피스러움을

무릅쓰고 History 시험을 쳤다. 그리고… 결국 A를 받아냈다. 앞으로 역사 관련 직업에 종사하거나 아니면 상급학교 진학 시에 문제가 될까 염려스러웠기 때문이다.

대학 생활 중에 신기하게도 큰아이는 전공을 너무나 재미있어했다. 고대사는 그 누구도 생각해 보지 못한 전공이었는데, 아이와 너무나 잘 맞았다. 큰아이는 날마다 자신이 요즘 어떤 공부를 하고 있는지 눈을 반짝이며 흥미진진하게 얘기했다. 누가 3세기 기독교 교부들이 시대에 미친 영향에 대해서 궁금해하겠는가? 바로 그런 게 궁금한 아이였다. 운명처럼 만난 전공이었다. '사람이 마음으로 자기의 길을 계획할지라도 그의 걸음을 인도하시는 이는 하나님이라'는 성경 말씀이 떠올랐다. 첫해에 최우등(first)을 받더니 2학년 때도, 그리고 파이널 3학년 때까지 모두 최우등을 받았다.

3학년이 시작될 때부터 진로에 대해 많은 고민을 했다. 아빠와 식사 시간마다 다양한 얘기가 오갔다. 아이는 고대사를 연구하는 히스토리안이 되고 싶어 했다.

큰아이는 학자의 길이 자기와 가장 맞을 것 같다고 결론을 내리고, 영국의 유수한 명문 대학에 대학원 입학 지원을 했다. 어떤 대학에서는 인터뷰 요청이 왔고, 어떤 대학은 인터뷰 요청도 없이 불합격 통지서가 왔다. 아이는 그저 꿈을 꾸며 묵묵히 앞으로 나아가는 듯 보였다. 내 아들이기는 하지만 때로는 정말 이 아이의 무던함, 성실함은 존경스러웠다. 누가 뭐라 해도 느리지만 천천히 자기가 생각하는 길을 소신껏 가고 있었다. '그런 곳에서 오퍼를 받을 수 있을까? 가능성이 있을까?' 하며 반신반의하던 우리 부부의 우려에 아이는 늘 '잘될 것 같아요! 걱정하지 마세요!'라고 말해 주었다. 그리고 담담하게 아이의 전공 분야에서 세계 최고의 학자들과 입학 인터뷰를 보았다. 그리고 큰아이는 본인이 꿈에 그리던 케임브리지 대학의 석사과정에 입학하게 되었다. 우리 부부는 합격 통지서를 받은 날 아들보다 더 감격했던 것 같다. 영국 TV 〈Program Master Chef〉에서 해마다 우승자가 'I'm over the moon' 그러더니⋯ 정말 Over the moon이라는 표현이 딱 맞았다.

예전에 부모님이 영국에 방문하였을 때 케임브리지의 캠강 (River Cam)을 따라서 칼리지들을 관람하는 펀팅 투어를 하였었다. 노 젓는 사공이 강줄기를 따라 내려가며 양옆으로 보이는 칼리지들의 역사와 재미난 에피소드를 들려주는 투어였다. 당시 너무나 아름다운 건물을 보며, 엉뚱하고 재기 넘치는 캠브리지 학생들의 에피소드를 들으며, 우리 아이들이 나중에 이런 곳에서 공부하면 정말 좋겠다고 생각했었는데, 그게 현실이 되었다.

옥스퍼드 대학 낙방기

영국에 살며 때로 이해 안 되는 일을 당해 무척 당황하는 적이 종종 있다. 너무 황당해서 눈물이 나올 때도 있었다. 익숙하지 않은 언어와 문화 차이로 생기는 오해는 부지기수지만, 알면서도 당하고야마는 보통 사람의 한계는 때로 삶을 우울하게 한다. 자식이 당한 불합리와 불공평에 분개하지 않을 부모는 없을 것 같다. 그건 나나 남편이 직접 당한 황당한 일보다 더 쓰라리다.

작은아이가 옥스퍼드 법대에서 입학시험으로 인터뷰 초대를 받았다. 옥스퍼드는 전통적으로 칼리지 기숙사에서 2박 3일간의 숙박하며 인터뷰를 치른다. 옥스퍼드 지원은 여느 대학처럼 UCAS를 통해서 한다. 하지만 옥스퍼드나 케임브리지 대학은 A Level 시험과 별도로 학과마다 자체 시험을 요구하고(그 시험이 대학 자체 시험일 수도 있고 아니면 다른 공신력 있는 기관에서 주관하는 시험일 수도 있다.) 이어서 대학교수들과 인터뷰도 실시한다. 학교의 판단에 따라 인터뷰 초대를 받는데 학교는 그 기준을 공개하지 않는다. 보통 학교에서 원하는 점수 기준을 넘는 학생 지원자 중 3분의 1 정도가 초대받는다고 한다.

우리 부부도 작은 아이와 옥스퍼드 대학교 면접이라는 영예스러운 초대를 받고 설레는 마음으로 옥스퍼드에 도착했다. 아이에게 깔끔한 슈트를 입혀서 2박 3일간 필요한 물품이 들은 슈트케이스와 함께 아이가 지원한 칼리지 기숙사에 내려주었다. 우리처럼 아이들을 옥스퍼드 대학의 칼리지 앞에 내려주는 부모들의 얼굴에 흥분과 자부심이 가득했다. 나는 아이를 안아 주며 무엇보다도 당당하게 아이 콘택트를 하면서 면접을 잘 보라고 당부를 하고 돌아섰다. 집으로 돌아오며 남편과 많은 얘기를 했던 것 같다. "면접관이 아마 우리 아이를 잘 알아볼 거야." 나는 내 아이의 실력에 한 치의 의심도 하지 않았던 것 같다.

2박 3일간의 옥스퍼드 생활은 《해리포터》에 나오는 멋진 다이닝룸에서 포멀(Formal)한 식사를 하고 같은 후보생들과 친목도 도모하며 옥스퍼드 대학을 짧게나마 경험하는 것이었다. 아이가 머무는 기숙사는 실제 학생들이 쓰는 기숙사로써 900년의 역사와 전통을 자랑하는 옥스퍼드 대학의 일부였다. 높은 천정에 창밖으로 정원이 보이는 옛스러운 집이었다. 아이는 밤마다 영상으로 전화하여 인터뷰 과정과 칼리지의 경험을 이야기 해주었다. 얘기를 들어보니 세계 각지에서 여러 지원자가 왔고 아시아계 학생들이 많았다. 영국의 학생뿐 아니라 외국에서 온 학생들도 그 나라의 명문 사립학교 출신이 많았다. 대기실에서 인터뷰 차례를 기다리는 중 한 중국계 말레이시안 학생이 자신은 인터뷰 족보가 있다며 기다리는 내내 보고 있었다고 한다. 너도 원하면 보여 주겠다고 했다는데 고지식한 우리 아이는 그건 컨닝이라 여기고 보지 않았다고 했다. (나중에 그 아이는 합격하였다고 한다.) 우리 아이는 인터뷰를 잘 보았다고 했다. 2박 3일이 끝나고 집으로 돌아가는데 우리는 희망에 가득 차 있었다.

그리고 얼마 후 정말 실망스러운 불합격 통보를 받았다. 나는 왜 우리 아이가 당연히 합격할 거로 생각했을까. 물론 옥스퍼드 대학이 들어가기 힘들 거라는 것은 누구나 아는 얘기지만, 정말 소수의 선택된 몇 명만이 가는 학교라는 것도 알고 있지만, '이건 정말 아니다.'라고 부정하는 마음이 들었다.

아들의 성적이나 스펙은 내가 보기에는 완벽했다. 아들은 A Level에서 Maths, English Literature, Economics, Religious Studies를 했다. 성적은 All A*였다. 아이는 공부 외의 활동도 정말 훌륭했다. 17살에 판타지 소설을 출판하였다. 14살부터 쓰기 시작하여 3년간 써서 완성한 판타지 소설은, 박사학위에 버금가는 10만 자 이상의 장편소설이었다. 그리고 영어, 한국어, 프랑스어, 3개 국어를 하며, 음악에도 탁월하여 뮤직 페스티벌의 우승자(피아노 부문)이기도 하였다. 악기는 모두 최우등(Distinction)으로 그 레이드를 마쳤다. 피아노는 그레이드 8 distinction에 이어서 디플로마에서도 distinction, 첼로는 그레이드 8 distinction, 플루트는 그레이드 4 distinction 자격증을 가지고 있었다. 학교에서도 오케스트라에서 first 첼리스트였으며 또한 학교 잡지에 글을 기재하는 저널리스트이기도 했다. 교내 클럽활동도 활발하여 크리스천 유니온의 대표였으면 Conservative Society의 Founder이기도 했으며 Calss Rep(반 대표)과 Year Rep(학년 대표)을 하며 지도력을 발휘했다. 스키 강습은 물론 수영도 다이빙을 제외한 모든 과정을 이수하였고 과외 활동으로 태권도도 검은 띠를 받았다.

그렇게 차고도 넘치는 자격을 가지고 아이가 본인 말로는 인터뷰도 잘했다는데 떨어지고 말았다. 아이의 실망은 말할 것 없이 컸고, 우리 부부도 못지않게 실망했다. '왜?'라는 의문이 며칠 동안 떠나지 않았다. 다행히도 작은 아이는 옥스퍼드 대학을 제외한 지원한 나머지 영국 내 최상위권 4개 대학 모두에서 합격 통지를 받았다. 작은 아이는 그중에서 LSE(런던 정경대)의 법대에 가기로 했다. LSE는 런던에 있는 명문대학이었지만 항상 옥스퍼드를 꿈꾸던 아들은 못내 아쉬워했다. 무엇보다도 한국에 계시는 할머니를 기쁘게 해드리지 못한 게 가장 속상하다고 했다.

나중에 알게 된 사실은 옥스브릿지를 준비하는 학생들은 입학을 위해 몇 달간 전공 관련 인터뷰 준비를 열심히 한다고 했다. 옥스퍼드의 공식적인 얘기로는 인터뷰 시에 전공에 관한 전문적 지식은 필요하지 않는다고 했다. 그냥 생각하는 능력이 있는지만을 본다고 했다. 우리는 왜 순진하게 그 말을 믿었을까? (우리는 영국에 살면서 공식적인 말을 곧이곧대로 믿었다가 낭패당하는 일이 또 얼마나 많았던가!) 그들의 말은 사실이 아니었다. 거기에도 분명히 요령이 있고, 합격을 위한 숨겨진 배경과 전략이 있었던 것 같다.

조금 더 세상을 아는 부모로서 아이의 면접을 잘 준비시켜 주지 못한 게 너무나 미안했다. 나 자신의 안일함에 화가 났다. 옥스퍼드를 보내고 싶은 마음이 있었으면 더 조심스럽게 접근했어야 했는데 나는 학교 랭킹에 연연하지 않겠다고 생각하며 교만했었다. 옥스퍼드를 가려고 했으면 옥스퍼드에 맞는 정보를 찾아서 준비해야 했었다. 그것이 겸손함이라는 것을 알았다. 아이에게는 위로를 건넸지만 나는 오랫동안 나를 책망했다.

하지만 아이러니하게도 나는 이 값비싼 경험을 통해 얻은 것이 의외로 많았다. 내가 이런 경험을 하고 나니 아이 때문에 속상한 부모님들의 마음이 어떤지 마음 깊이 가늠이 되었다.

실제로 다음 해에 평생 동안 아이 교육에만 정성을 쏟던 한 지인의 아이가 대학에 낙방하며 고통 가운데 있을 때 나의 위로가 그녀에게 큰 힘이 되어 주었다고 한다. 내가 겪어 보지 않고서는 줄 수 없는 위로였다.

작은아이는 비록 옥스퍼드에 낙방했지만 본인의 실력으로 당당히 영국의 변호사 과정에 합격하여 꿋꿋하게 자신의 길을 만들어 가고 있다.

성인이 된 부모가 할 일은 아이들이 실패하고 넘어져도 다시 응원하고 기성세대의 지혜와 경험으로 지혜로운 조언을 해 주는 것뿐이다. 열심히 하다 보면 또 기회는 온다고 항상 이야기해 준다. 사람이 길을 넓히는 것이지 길이 사람을 넓히는 것이 아니라는 공자 말씀처럼 말이다. 그러나 지금도 여전히 마음 한편에는 아이가 잃어버린 기회가 내 탓은 아니었을까 아파하는 부모의 마음, 나에게도 마음 깊이 상처로 새겨져 있다.

낯선 영국에서의 시작은 나도 남편도 6살, 7살 두 아이와 마찬가지로 아무것도 모르는 어린아이 같았다.

'어, 이게 아닌데… 내 계획은 이게 아니었는데….' 여러 번의 시도와 여러 번의 좌절을 반복하며 살았던 세월이었고, 기대도 안 했던 사건과 만남으로 삶이 가꾸어져 갔다.

모든 게 처음인 세상, 우리 앞에 처한 문제들을 다 풀어내지 못해 답답했던 시간, 한국이었다면 아무것도 아닌 아주 사소한 일 하나까지도 삶의 무게에 더해졌다.

때로 남편과 나는 서로에게 만일 영국으로 오기 전으로 돌아가서 다시 영국에 오자고 하면 오겠냐고 묻곤 했다. 내 즉각적인 대답은 No이다. 그러면 영국에 온 것을 후회하는 거냐고 묻는다면, 그것도 No이다. 후회는 없다. 많이 배우고 성숙해졌고 애초에 생각지도 않았던 결과물도 있었다. 힘들었던 것만큼 그 열매가 달다고 느꼈다. 우리가 걸어온 길을 알았다면 이런 선택은 안 했을 것이다. 몰랐으니까 왔다. 길을 몰라 헤매고 난감한 적도, 길을 잃어버리고 아이처럼 울었던 적도 있었지만, 지나고 보니 다 추억이고 배움이었다. 미래를 알 수 없는 것은 정말 축복이라는 생각이 든다. 가 볼 수 있고 도전해 볼 수 있으니 나의 삶은 독특해졌다.

누군가는 영국에 사는 나를 부러워할 사람들도 있을 것이다. 부러워 말라고 말하고 싶다. 유럽 여행도 마음껏 하고 아이들도 외국에서 교육하고 너무 좋지 않냐고 묻는 사람들도 있을 것이다. 그렇기도 하고, 아니기도 하다고 말하고 싶다. 뭐든지 하나를 선택하면 하나를 잃어버리는 게 있는 것이다. 영국을 선택하여 한국에 살며 얻었을 것을 놓쳐 버린 것도 많았다.

때로는 삶이 너무 힘들어 무작정 여행을 떠났다. 힘들면 현실이 구질구질하게 제 자리를 벗어나지 않고서는 못 버티는 시간이 있었다. 돈이 있으니 여행을 가지 않았냐고 물을 수 있다. 모르는 소리이다. 주머니를 탈탈 털어 떠났다. 또 어떤 이는 영국서 아이들 교육도 한국에 비해 수월하게 잘 시키지 않았냐고 말할지 모른다, 난 어디서든 자식 교육은 어렵다고 말하고 싶다. 영국에 온다고 자식 교육이 저절로 될 리 없다. 여기서도 자식

에필로그

들이 잘못되고 삐뚤어져 피눈물을 흘리는 부모들도 더러 있다. 내 나라에서 내 나라 말로도 가르치기 어려운 게 자식 교육 아니던가. 남의 나라에서 알지 못하는 시스템 속에서 자식을 키우는 게 쉬울 리 없다.

계절이 바뀌고 해가 거듭되었다. 반드시 시간을 채워야 알아지는 것들, 사람들에게 들려주고 싶은 이야기, 많이 가지고 있지 않아도 누릴 수 있는 것들, 내가 영국에 살지 않았으면 깨달을 수 없는 것들이 쌓였다.

영국에서 살았던 지난 열여덟 해, 긴 시간 동안, 소리를 내고 싶은 마음이 목까지 차올랐다가 어느 날 넘쳐버렸다. 그리고 순식간에 이야기를 다 풀어놔 버렸다.

이 책의 이야기는 어디까지나 개인적인 경험이다. 감히 내가 영국은 무엇이라고 정의할 수도 없다. 양파같이 까도까도 새로운 것이 가득한, 깊은 내실을 가진 영국에서 나의 경험과 깨달음은 미미하겠지만 여행자의 얕은 경험이나 책으로 보는 피상적인 영국이 아닌, 실제 영국에서의 삶을 특별한 시선으로 나누고 싶었다.

글 솜씨가 미천하여 독자들에게 이야기가 잘 전달될지는 모르겠다. 나의 이야기가 정답도 아닐뿐더러 오답도 있을 수 있다. 미처 못다 한 이야기도 많아 아쉽기도 하다. 다만 내가 풀어놓은 작은 이야기들을 통해서 내가 영국에서 찾은 삶의 의미들을 독자들과 조금이나마 나눌 수 있다면 감사하겠다.

"인생의 목적은 행복이 아니라 의미에 있다."

— 조던 피터슨

영국에서의 삶의 짐이 무거우면 무거울수록, 나의 삶이 낮아지면 낮아질수록 삶은 보다 생생하고 진실해졌다. 내가 졌던 무거운 짐들이 어느 사이 나를 성장시켰다. 의미를 찾아가는 과정이 힘들었지만, 귀한 결실을 가져왔다.

사과꽃은 언제 필까? 숨죽이며 기다렸는데,

'눈물 한 방울, 눈물 두 방울' 움츠리며 기도했는데,

어느 아침, 앙상하기만 한 가지에 팝콘 같은 꽃잎이 '투욱 투욱' 터지기 시작했다. 오랜 기다림 끝에 봄이 왔다. 이제 기지개를 켠다!

키미림

나만 알고 싶은 영국

ⓒ 키미림, 2024

초판 1쇄 발행 2024년 9월 14일

지은이   키미림
펴낸이   이기봉
편집   좋은땅 편집팀
펴낸곳   도서출판 좋은땅
주소   서울특별시 마포구 양화로12길 26 지월드빌딩 (서교동 395-7)
전화   02)374-8616~7
팩스   02)374-8614
이메일   gworldbook@naver.com
홈페이지 www.g-world.co.kr

ISBN   979-11-388-3494-0 (03810)